COLLECTION FOLIO

Nathalie Kuperman

Petit éloge de la haine

Gallimard

Trois des nouvelles de ce recueil ont déjà paru en revue :

« La promesse » en juillet 2001 dans le n° 25 de *Nouvelle donne* ; « Dialogue », sous le titre « Tu le désires », en août-septembre 2000 dans le n° 30 du *Passant ordinaire* ; « La jupe » en janvier 2008 dans le n° 33 de *Décapage.*

Auteur de pièces radiophoniques pour France Culture et de romans pour la jeunesse, Nathalie Kuperman a publié son premier roman, *Le contretemps*, aux Éditions du Griot en 1993. Puis, plus rien pendant sept ans. En 2000 paraît, aux Éditions Gallimard, *Rue Jean-Dolent*, qui tire son titre du nom de la rue qui longe la prison de la Santé à Paris. C'est l'endroit où, régulièrement, Marianne rend visite à Pierre dont elle se détache peu à peu pour un autre homme… Après ce très beau portrait de femme, *Tu me trouves comment ?* est la chronique douce-amère de la vie quotidienne de Cyrille, une jeune fille de quatorze ans qui traverse les affres de l'adolescence. Quatre ans plus tard paraît *J'ai renvoyé Marta*, un roman où l'obsession ménagère se confond avec la folie de Sandra, une femme qui, pour que sa vie soit parfaite, engage Marta, une femme de ménage.

Avec un souci du détail qui sonne juste, une sensibilité à fleur de peau et un humour parfois glacé, Nathalie Kuperman s'est, en quelques romans, taillé une place à part dans le paysage littéraire français.

Découvrez, lisez ou relisez Nathalie Kuperman :

J'AI RENVOYÉ MARTA (Folio n° 4529)

Pour ma chère Laurence

PETIT PROLOGUE D'UNE GENTILLE FILLE

Moi, écrire un éloge de la haine ? Impossible ! La haine, le mot lui-même me fiche la frousse, me fait froid dans le dos. Lorsque l'on m'a proposé de participer à l'aventure des petits éloges, j'ai accepté immédiatement. « Il faudra rapidement que vous nous indiquiez votre sujet », m'a-t-on demandé. « Je parlerai de la haine », ai-je répondu sans hésiter. Et c'est cela qui m'a surprise ; j'avais répondu sans hésiter. J'ai failli rappeler pour demander si « l'amour » était un sujet déjà pris. Mais je ne l'ai pas fait. Je devais me faire confiance ; j'avais dit « la haine », je travaillerais sur la haine. Je m'aperçus alors que j'avais déjà commencé. Pour me protéger de l'idée, de la chose, du sentiment. J'allais poursuivre ma grande entreprise. *Petit éloge de l'écriture de la haine* serait un titre plus approprié, me disais-je pour me rassurer.

La demande de mon éditeur arrivait au moment où j'étais en train de croiser la haine sous sa forme la plus perverse ; je venais de comprendre qu'une personne qui comptait beaucoup pour moi me haïssait et n'en avait apparemment pas conscience. Je recevais en pleine figure son point aveugle — puisqu'elle ne le savait pas ! C'était à moi de prendre en charge sa haine pour livrer un combat.

Je fus obligée de me mettre à haïr, moi aussi. Je passais de l'autre côté et j'éprouvais une sorte de joie. Une joie qui fut calmée par les médicaments, par l'action et par l'écriture. J'avais un but : ne plus haïr.

Je lis ces lignes à mon mari et il est furieux. Il me conseille de relire Deleuze pour savoir que la haine est un moteur, et qu'écrire c'est écrire contre. « Ne pas haïr, mais pour qui te prends-tu ? C'est ça ton projet ? Relis Deleuze, putain merde ! »

Et il claque la porte de mon bureau.

Je crois que je hais aussi mon mari.

LAURENCE & LAURENCE

Je travaillais avec Laurence depuis plusieurs mois. Elle servait, je préparais les plats. Nous aimions ça.

Le salon de thé donnait sur la contre-allée ombragée d'un grand boulevard. Nous adorions cette vue et cette animation, et nous nous réjouissions chaque jour de nous être lancées dans cette aventure, d'avoir réussi à convaincre les banques, et nous-mêmes.

Laurence maîtrisait parfaitement l'anglais, ce qui de temps en temps pouvait nous être utile, et moi, j'aimais l'entendre parler anglais avec des gestes que je trouvais charmants, surtout quand elle portait sa tunique à manches larges. Elle expliquait aux étrangers comment se rendre au Louvre, ou aux Champs-Élysées, ou bien encore comment aller boire de la bière à l'Académie de la bière ou du champagne à la Villa.

Elle avait des cheveux blonds décolorés et elle n'avait pas le même coiffeur pour les mèches et pour la coupe. Elle se désespérait parce que la coiffeuse des couleurs allait partir à la retraite. Et je trouvais splendide que cela puisse la désespérer. Je regardais sa bouche se pincer, ses yeux s'agrandir, ses mains se tordre, et son désespoir quand elle disait « Je ne retrouverai jamais exactement la teinte et le dosage » ne me faisait pas sourire. J'éprouvais une compassion sincère alors que des gens crèvent de faim dans la rue.

Et c'est précisément à cause d'un type qui mourait de faim dans la rue que les choses se sont gâtées.

J'étais arrivée plus tôt qu'elle, comme à l'accoutumée. Mais ce matin-là, je n'avais pas pu éplucher les légumes tranquillement chez moi, ce que je faisais chaque jour pour éviter de travailler debout dans la cuisine du salon de thé. Une fuite d'eau m'avait retardée, une voisine qui avait laissé déborder sa baignoire parce que, s'était-elle justifiée, sa fille de New York l'avait appelée. Je savais par ailleurs que sa fille de New York était ce qui la « rattachait à la vie », c'est toujours l'expression qu'elle employait quand elle évoquait sa fille de New York, et elle ne parlait que d'elle, alors même que personne dans l'immeuble ne tenait à s'entretenir avec elle de sa fille. Mais elle vous agrippait dès qu'elle vous rencontrait pour vous expliquer que, sans sa fille de New York, elle mourrait. Que l'on soit matin tôt ou soir tard, on n'y échappait pas, et elle guettait les allées et venues de l'immeuble pour trouver quelqu'un à qui confier l'attachement qu'elle avait pour sa fille de New York.

Ce matin-là, la voisine avait été heureuse que je vienne constater de moi-même l'existence inouïe de sa fille de New York ; elle avait été si captivée par sa voix qu'elle avait complètement oublié qu'elle était en train de se faire couler un bain.

J'étais partie de chez moi plus tôt que d'habitude, calculant que je n'avais plus le temps d'éplucher les légumes sous peine d'arriver après Laurence, et je ne voulais pas changer les habitudes. Je me demande encore aujourd'hui pourquoi l'idée que Laurence pénètre la première dans le salon de thé m'était insupportable. J'aimais l'accueillir et la complimenter sur ses tenues, certes, mais ce n'était pas l'unique raison. J'aimais tourner la clé dans la serrure, pousser la porte et me sentir chez moi.

Pour accéder au salon de thé, nous avions coutume de pénétrer dans l'immeuble et d'emprunter un couloir étroit qui menait à l'entrée de derrière. Et, ce matin-là, alors que j'en avais presque fini avec les carottes, j'entendis un cri effarouché, un cri de Laurence, aigu mais contenu, qui ressemblait à sa façon d'éternuer, par petites saccades élégamment espacées et savamment contrôlées.

Je me précipitai pour ouvrir la porte et voir ce qui avait provoqué ce cri, mais je ne pus que l'entrebâiller, car celle-ci résistait contre une masse molle qui empêchait l'ouverture complète.

— C'est un clochard.

La voix affolée de Laurence me parvenait, mais je ne voyais pas son visage.

Je poussai un peu plus la porte, mais un grognement cette fois m'immobilisa.

— Ouvre-moi par-devant, dit Laurence, et referme cette porte à clé.

J'obéis à son ordre, car c'était bien d'un ordre qu'il s'agissait, toute trace d'affolement s'étant retirée de sa voix.

J'actionnai le rideau de fer et le jour entra dans le salon, vif et beau, c'était une journée de mars qui nous avait été annoncée par la météo comme le signe avant-coureur du printemps.

Laurence était d'une beauté déroutante. Elle

avait mis ses bottes à coutures voyantes et à talons hauts qui lui donnaient une allure mi-motarde mi-princesse, avec des collants mauves assortis à une robe vieux rose sans manches qu'elle portait avec un chemisier de soie violet. Le framboise sur ses lèvres crispées achevait de la rendre bouleversante.

— Mon Dieu, que tu es belle !

— C'est bien le moment de me dire que je suis belle ! répondit-elle, sèchement. Il y a un clochard devant notre porte.

À quel moment précis sait-on que tout est fini, comment le sait-on, pourquoi le comprend-on avec une telle évidence que les mains se tordent à l'intérieur du ventre, sans que cela se voie, des centaines de mains qui farfouillent les tripes tandis qu'au-dehors, sur notre figure lisse et prête à toutes les réparations, notre visage absorbe la chose avec bonhomie, se fâcher pour si peu, vraiment, alors qu'il est si facile de rester ensemble, oui, être ensemble, c'est cela qui compte.

Je serai, ma Laurence, toujours ton amie, quoi qu'il arrive, et je vais chasser ce vilain clochard qui te tourmente tant.

— Excuse-moi, ai-je dit.

— Je crois que tu ne rends pas très bien compte de la situation.

— Mais si, ç'a dû être terrible.

— C'est horrible, qu'est-ce qu'on va faire ?

— On va le chasser. Je vais le chasser, ne t'inquiète pas.

— On ouvre dans une demi-heure.

— Dans une demi-heure, il ne sera plus là.

Laurence était défaite. Il fallait absolument que je réagisse, mais je ne savais pas chasser les clochards, jamais de ma vie je n'avais eu à le faire.

Je lui ai proposé :

— Reste là. Prépare la salle. Fais comme si de rien n'était. Je m'en occupe.

— Merci, Laurence.

Il était rare que Laurence m'appelât par mon prénom. Laurence, il était presque convenu que c'était elle, pas moi. Je pris ce fait comme une supplique pour que je chasse ce clochard. Chasser le clochard, chasser le clochard, chasser le clochard.

Je me suis mise à peler une carotte.

— Mais qu'est-ce que tu fabriques ? me demanda Laurence, et ses traits se durcirent.

— J'ai besoin de prendre ma respiration, imagine-toi, et éplucher m'apaise.

Laurence, je l'avais rencontrée dans une soirée dégueulasse où j'avais été invitée par erreur. Je partageais à l'époque un appartement avec une amie qui préparait les émissions « Loin des yeux, près du cœur ». C'était elle qui faisait les reportages. Elle me supplia un jour de la remplacer à un dîner où elle m'assurait que personne ne se rendrait compte que ce n'était pas elle, il suffirait que je donne son nom et, pour des raisons obscures, elle tenait à ce que l'on sache qu'elle s'était déplacée. Comme son mutisme était de notoriété publique, elle me répétait que je n'aurais qu'à me taire et sourire, personne ne me demanderait quoi que ce soit.

Pour épargner à cette amie une soirée dont elle ne voulait pas, je me retrouvai à une table longue de plusieurs mètres qui réunissait autour d'elle des gens de la télévision, mais pas seulement.

Laurence était là, plus à son aise que n'importe laquelle des personnalités télévisuelles ; elle n'était invitée qu'en tant que cousine de l'une des femmes qui avait retrouvé un amour d'enfance entraînant mariage, enfants et bonheur grâce à l'émission.

« Je m'étais un peu incrustée », me confia-t-elle plus tard, quand je lui demandai ce qu'elle faisait à cette soirée.

— Ta carotte est épluchée, vas-y.

Je sursautai. Je ne l'avais pas sentie dans mon

dos et sa voix grave dans mon oreille me fit lâcher le couteau.

Je me retournai, la carotte à la main, et son visage était tout près du mien, un visage menaçant et terrifiant. J'avais envie de lui dire de se pousser, que je n'avais pas d'ordre à recevoir d'elle, mais j'en étais incapable. Je croquai bêtement dans la carotte et lui dis, entre deux bouchées :

— J'y vais.

Je m'approchai de la porte de service et l'ouvris très précautionneusement. Pas de masse molle, pas de résistance. Je crus un instant que ce clochard avait filé et je lui en fus reconnaissante. Mais il était toujours là. Il s'était décollé de la porte et son corps reposait au milieu de la courette qu'une énorme poubelle occupait en partie.

La masse avait roulé. Qu'est-ce qu'une masse ? C'est une quantité relativement grande de substance solide ou pâteuse, qui n'a pas de forme définie, ou dont on ne considère pas la forme.

Je m'approchai de la masse.

— Monsieur ?

La masse ne répondait pas.

— Monsieur !

Rien.

Je ne pouvais me résoudre à le toucher. Et pourtant, il fallait que quelque chose de solide rencontre sa mollesse.

Je le touchai avec le pied.

— Monsieur.

Rien, toujours rien.

Je me penchai vers lui et, comme s'il avait senti ma présence, il remua enfin.

— Monsieur !

Il s'accouda et ouvrit un œil dans ma direction.

— Il ne faut pas rester là, lui dis-je doucement.

— Eh ben, allez-vous-en, alors, me répondit-il, très doucement à son tour.

— Je ne peux pas partir, je travaille ici.

— Eh ben moi, je ne travaille pas ici et je ne veux pas partir.

Tout cela m'ennuyait beaucoup. L'homme était fatigué et avait besoin de se reposer.

— Bon, lui dis-je, mais moi je vous préviens, à rester là, vous aurez des ennuis.

— Des ennuis, là ou ailleurs…

— Je vais peut-être appeler la police, le mis-je en garde, regrettant aussitôt le « peut-être ».

— Oui, la police va peut-être venir, mais en attendant, laissez-moi tranquille.

Je rentrai dans le salon de thé, prête à raconter notre échange à Laurence. Mais ce ne fut pas nécessaire. Laurence avait tout entendu par l'entrebâillement de la porte que je n'avais pas refermée.

— Bravo ! Ça, c'est du courage, dit-elle.

— Que voulais-tu que je lui dise d'autre ?

— J'appelle la police.

— Ne fais pas ça !

J'avais crié. Je ne voulais pas voir la police à cause d'un homme qui avait besoin de se reposer.

Pour essayer de la convaincre de ne pas téléphoner à la police, je lui dis :

— Il ne nous a rien demandé. Pas même un quignon de pain.

« Ah ah ah ! » se mit à rire Laurence en rejetant la tête en arrière. C'est avec ce même rire qu'elle s'était défendue, le fameux soir de « Loin des yeux, près du cœur », lorsque tout le monde l'avait regardée parce qu'elle venait de proposer un jeu complètement idiot. J'avais trouvé ce rire très agréable à entendre, et pourtant, ce n'était pas un rire franc, comme on dit. Je l'avais par la suite entendue rire franchement, et je préférais l'autre rire, le faux, qui lui convenait tellement mieux.

— Qu'est-ce que tu attends pour aller lui proposer une tarte salée ?

Laurence me provoquait. Ses yeux brillaient et ses lèvres étaient retroussées dans un rictus que je ne lui connaissais pas encore. Laurence était telle que je la soupçonnais, méchante. Et je l'avais aimée. Au point de lier ma vie à la sienne en lui faisant croire que je savais cuisiner, elle l'avait cru, et il m'avait fallu suivre en cachette des cours de cuisine pour être à la hauteur de ce qu'elle attendait de notre association. Les tartes salées et les cookies n'avaient plus de secrets pour moi.

Je lui tournai le dos et ouvris le four où restaient quelques tartes de la veille, les tartes que nous mangions, Laurence et moi, vers trois heures de l'après-midi, quand la salle était presque vide. J'en sortis une et l'emballai dans du papier alu. Je m'appliquais en enveloppant la tarte comme s'il se fût agi d'empaqueter un objet très fragile. J'effectuais tous ces mouvements avec le cœur qui battait à toute allure. La tarte était aux poireaux, je crois, une de mes préférées, je m'étais mise à adorer le poireau et j'en faisais souvent, oui, j'en suis sûre maintenant, il s'agissait de poireaux, mes gestes étaient lents tandis que mes pensées fonçaient comme des furies vers quelque chose que je ne contrôlais plus et qui pouvait ressembler à de la panique. J'ai commencé à douter de l'existence de la fille de New York. Je soupçonnais ma voisine de mentir pour rester en vie. Je tenais la tarte magnifiquement entourée de papier alu dans mes deux mains, comme l'idée que je me faisais de l'offrande, et je n'ai quitté cette attitude de Roi mage que pour ouvrir la porte.

Grâce à Dieu, le clochard était encore là.

Je m'approchai de lui ; il ne bougeait pas et semblait dormir. « Homme, pensais-je, si tu dors, sois bienheureux, mais si tu ne dors pas, mange. »

Le clochard bougea. Je m'agenouillai et lui demandai :

— Avez-vous faim ?

Il émit quelques sons incompréhensibles.

— Prenez ceci, lui dis-je en approchant la tarte près de son visage.

Il se mit sur les coudes et leva les yeux sur moi.

— C'est quoi ? demanda-t-il, visiblement méfiant.

— Une tarte aux poireaux, lui répondis-je en souriant. Je me suis dit que vous aviez faim.

Le clochard hocha la tête et dit :

— Qu'est-ce qui vous fait croire ça ?

— Vous êtes là, par terre, ce n'est pas très bon d'être par terre. Si vous aviez un toit, vous ne seriez pas là, à être par terre.

— Je n'aime pas tellement les poireaux. Laissez-moi dormir, s'il vous plaît.

L'homme suppliait qu'on le laissât en paix. Comment refuser à un homme la paix qu'il vous demande ?

Je rentrai dans le salon, la tarte à bout de bras. Je pensais au sommeil de l'homme. Son sommeil m'engourdissait et je n'avais pas conscience que j'étais en train de jeter la tarte à la poubelle, pas plus que je n'avais conscience de chercher désespérément des yeux quelque chose qui pût servir de couverture, pour protéger le sommeil de cet homme. Mon regard fut attiré par le manteau en peau de mouton retournée de Laurence. Ce n'était pas la saison des manteaux en peau de mouton retournée, mais Laurence était frileuse et l'accrochait là par sécurité, pour les jours où le printemps ressemblerait à l'hiver. Et pour un homme qui dort dans une cour avec des poubelles, quelle que soit la saison, c'est l'hiver.

Je décrochai le manteau sous les cris de Laurence — « Mais ça ne va pas ! Laisse ce manteau ici, t'es complètement malade ! » —, l'agrippai parce qu'elle voulait me l'arracher.

Laurence lâcha prise et s'éloigna en me tournant le dos, mais elle changea d'avis et me fonça dessus tête baissée pour m'avoir par surprise. Je l'esquivai, elle dérapa sur ses talons aiguilles, perdit l'équilibre et se cogna la tête contre l'angle du plan de travail.

Elle s'affaissa comme une poupée — si jolie poupée — de chiffon. Je crus un instant qu'elle était morte. Je constatai qu'elle était morte.

J'avais toujours le manteau en peau de mouton retournée dans les mains.

« Pour combien d'argent seriez-vous prêts à coucher avec un clochard ? » avait demandé Laurence en couvrant les voix de l'assemblée.

Les conversations avaient cessé net.

« C'est la question la plus idiote que j'aie jamais entendue », avait dit quelqu'un.

Mais, passé le dégoût, passé les réserves idéologiques, passé les réflexions sur l'absurdité du propos, passé les grimaces de rigueur, tout le monde, dans la joie et la bonne humeur, l'alcool aidant, avait cédé. Ça avait discuté sec au début, ça s'était offusqué, ça s'était dit non, et puis, le rêve aidant, l'argent venant, les calculs s'élaborant, on avait été capable de donner son prix. Chacun était reparti avec son clochard bien en tête, bien sale, bien moche, éméché, piteux, clochard, et Laurence avait beaucoup ri dans l'ascenseur que nous avions par hasard pris ensemble. « Le clochard, dans les soirées, ça marche toujours », avait-elle dit.

Elle m'avait proposé de partager un taxi. J'avais dit oui, fascinée par cette fille extravagante qui était la vague cousine d'une femme de « Loin des yeux, près du cœur ».

Elle gisait à mes pieds, et l'idée d'une justice me frôla ; j'en éprouvai une sorte de joie qui me fit frissonner. Je serrai le manteau contre moi.

Je sortis dans la cour. Le clochard n'était plus là. J'étais soudain triste, le manteau sur les bras. Il faisait si beau dehors, et je ne partagerais le bleu du ciel avec personne.

Je jetai un dernier regard à l'enseigne de notre salon de thé. Laurence & Laurence. C'était un joli nom.

MINI PETITE SOURIS

La souris passait et repassait à toute allure à travers la pièce principale. Elle courait tellement vite qu'il était impossible de déterminer sa couleur. L'on se mit à surélever les sacs en plastique qui tenaient lieu de poubelles, à installer des pièges auxquels elle ne se laissait pas prendre.

L'idée du déménagement s'insinuait en moi. Mais Vincent se trouvait très bien où il était. « On est enfin arrivés à ce qu'on voulait », disait Vincent et, puisqu'il était architecte, il avait réussi à me convaincre que ce qu'il voulait était le mieux. Mais son pouvoir d'architecte ne valait rien contre une souris.

— Ce n'est pas une souris qui va nous déloger, disait-il.

Et il replongeait dans ses plans, me laissant

seule avec l'idée que nous allions cohabiter avec la souris longtemps encore.

Je voulais déménager, cela devint une obsession.

— Cela ne devrait quand même pas être si compliqué d'attraper une souris, disait Vincent en levant les mains en l'air, mains qu'il avait fines et que l'on aurait pu croire aptes à capturer un animal petit mais fuyant.

Je me laissais convaincre par la beauté de ses mains, ou plutôt par leur agilité puisqu'il savait dessiner des plans et me caresser savamment.

— Alors, d'accord, attrape-la ! lui lançais-je sur un ton de défi.

— Si je l'attrape, on ne déménagera pas ?

— Bien sûr que non ! lui répondais-je en tordant les mains.

Et puis je dépliais les doigts. Je montrais dix directions possibles. La souris se planquait forcément quelque part.

Elle se planquait, l'ordure, l'immonde petite bestiole. J'avais feint la tendresse pour l'amadouer.

— Mini petite souris, chantais-je, à quatre pattes devant la commode, fais-moi un sourire s'il te plaît...

J'avais tenté de faire appel à sa raison.

— Souris, viens, je ne te veux pas de mal. Une

souris n'a rien à faire dans une maison. Je te ramènerai dans les champs.

Puis la menace.

— Si je t'attrape, je te flamberai les pattes arrière avant de te noyer.

Mais, comme on le sait, les menaces n'opèrent pas.

J'entends la clé tourner dans la serrure.

— Ariane, tu es là ?

Vincent entre dans la cuisine. La porte du frigidaire, le pschitt du Perrier, l'eau gazeuse versée dans le verre, le bruit de la déglutition, le verre reposé sur la table. Silence.

— Ariane ?

Silence.

Un autre « Ariane », plus faible, pour la forme, qui n'appelle plus, qui se résigne à l'absence de sa femme, qui s'étonne sans doute légèrement, où peut-elle bien être, on s'était pourtant dit qu'on dînerait ici ce soir.

Je suis là. Hi hi hi ! Coincée entre le fauteuil et la bibliothèque. Accroupie. Je retiens ma respiration. Je m'amuse beaucoup, je m'inquiète un peu.

Vincent se met à sa table de travail. J'entends la mine aller et venir. Qu'est-ce qu'il fait ? Des plans, évidemment. Et moi, qu'est-ce que je fais ?

Je me tiens tapie, j'ai les articulations en compote.

Le temps passe.

Vincent téléphone.

— Véronique ? C'est Vincent. Je me demandais si Ariane était chez toi. Non ? Non, je ne suis pas inquiet, mais je me demandais, c'est tout. Non, elle n'a toujours pas de portable. Oui, je t'embrasse.

Hi hi hi. Le temps passait et je tenais bon. La petite souris tenait bon aussi. Depuis que j'étais cachée, elle ne s'était pas manifestée. Je mettais ça sur le compte d'une rivalité absurde qui l'obligeait à se terrer jusqu'à ce que je refasse surface.

Et je refis surface. Piteusement. J'avais tenu une heure quarante-cinq. Je me relevai tout d'un coup et Vincent me vit émerger de derrière le canapé de son bureau.

Il ne sursauta pas. Il ne cria pas. Il ne se réjouit pas. Il — comment dire ? — me regarda sans me voir. « Ariane », dit-il, mais mon nom lui tombait des mains. Comment avais-je pu me cacher si longtemps, dans quel but, était-il possible que nous ne nous comprenions plus ? Et pour Vincent, qui aimait comprendre, ce constat était lourd de conséquences, et elles, les conséquences, abîmaient déjà son beau visage.

Je chantonnais « Mini petite souris fais-moi un sourire s'il te plaît ». Il posa son crayon, éteignit sa lampe d'architecte et se leva comme un type devenu tout vieux soudain en marmonnant des mots autour de l'envie d'aller dormir.

Je le suivis dans la chambre, une chambre qu'il avait voulue grande et sans meuble, hormis le lit, car le lit, disait-il, est le seul objet qui a sa place dans la pièce que l'on nomme « chambre ». Les placards étaient dans le couloir et les livres que nous lisions le soir étaient posés par terre, les tables de nuit étant proscrites. On dormait sur un futon de 180 centimètres posé sur un tatami. Deux êtres doivent se sentir suffisamment proches pour s'aimer au milieu de rien. RIEN, disait Vincent, c'est le luxe absolu.

On s'est croisés dans la salle de bains pour brossage de dents démaquillage, on a enfilé nos pyjamas, mauvais signe, et, sans un mot, on s'est endormis pas de bonsoir, bonne nuit ma chérie. 30 centimètres pour chacun au bord du lit, ce qui laissait 120 centimètres de vide entre nous. Un espace inoccupé accueille des possibilités déstabilisantes, c'est contre cela que l'on travaille, que l'on agit, que l'on pense.

La mort s'est installée dans notre lit, parce que je m'étais cachée comme une petite souris.

C'est Vincent qui partit en me laissant l'appartement. On trouverait un arrangement plus tard.

La souris ne réapparut plus. Elle avait fini son travail de petite souris.

UN DRAGON NOIR AVEC DES DENTS PUISSANTES ET UNE GUEULE FORTE

C'était au début un jeu. On avait chacun un monstre et on le brandissait en disant des choses terrifiantes. Celui qui suppliait l'autre d'arrêter avait perdu. On soufflait la bougie et on rallumait la lumière. Le vainqueur avait le droit de donner une gifle au vaincu. Et pendant la gifle, on devait rester droit, ne pas geindre, ne pas tordre le visage, on n'avait pas poussé le supplice jusqu'à s'obliger à sourire.

C'était notre jeu préféré. Dès que nos parents avaient le dos tourné, on se regardait et, sans mot dire, on se comprenait.

Nous partagions la même chambre, c'était facile. Les monstres nous avaient été offerts par l'oncle Clément, le frère de notre mère, que nous n'aimions pas, que notre mère n'aimait pas non plus d'après ce que nous avions pu comprendre, mais bien sûr, rien n'était dit. On ne disait pas de mal de la famille dans notre famille. Ces monstres étaient ni plus ni moins des horreurs synthétiques qui produisaient de l'électricité statique. L'un était rose avec de grands yeux idiots aux cils ridiculement longs, l'autre était marron avec une queue qui se terminait en queue de diable. Ils avaient chacun six bras ou pattes, comme on voulait, et sur leurs ventres était écrit : MONSTER. À vrai dire, ils n'avaient rien d'effrayant tels quels, mais lorsque l'un de nous s'était emparé le premier de l'un des monstres, l'autre, curieusement, s'était senti en danger et avait saisi le second pour se protéger, par réflexe en quelque sorte. Et c'est ainsi que ces monstres qui ne faisaient pas peur s'étaient transformés en des monstres qui faisaient peur.

Le soir, chacun posait son monstre au pied de son lit et interdiction d'y toucher pendant la nuit. On se donnait des règles, pour se rassurer. Parce que depuis que les monstres étaient entrés dans la maison, on ne se sentait plus en sécurité. Nos parents posaient sur nous des regards amusés et attendris. Leurs enfants étaient vraiment des enfants, ils jouaient encore aux peluches et ne grandissaient pas trop vite, tant mieux. Mais quand maman avait suggéré que ces peluches hideuses aillent rejoindre le coffre des affaires à donner, nous avions poussé un cri. Tingueli-Tingueli ! avait hurlé celui qui tenait le monstre rose. Kataro-Kataro ! avait hurlé celui qui tenait le monstre marron. Notre mère avait reculé d'un pas en nous regardant comme si elle ne nous reconnaissait pas. On s'en moquait. C'était moins important que de garder nos monstres.

Elle avait quitté notre chambre, et c'était bien comme ça.

Viens, on y va. C'était notre phrase. L'un saisissait le rose, l'autre le marron, on éteignait la lumière, on allumait la bougie avec des allumettes volées dans la cuisine.

Je vais te réduire en bouillie, disait le marron.

Bouillie, ça veut rien dire. Donne des détails.

Je vais prendre un marteau et frapper ta tête jusqu'à ce que ta cervelle en jaillisse.

Et moi, disait le rose, je prendrai un petit outil et je te taperai le genou.

Et tu crois que ça, ça me fait peur, s'esclaffait le marron.

Je n'ai pas d'autre idée, avouait le rose.

Eh bien moi, j'en ai des idées. Quand ta cervelle coulera le long de ta joue, je t'obligerai à la manger.

Arrête, c'est trop dégoûtant, suppliait le rose.

Donc, tu me supplies d'arrêter.

Oui, arrête, pleurait le rose.

Donc, j'ai gagné ? demandait le marron.

Oui.

Partie gagnée par le marron.

On soufflait la bougie. On rallumait. Le monstre rose était jeté sur un lit et le marron était posé délicatement sur un coussin. L'un devait avoir l'air abattu, l'autre triomphant. Ils allaient assister à la scène — la gifle — avec l'indifférence qui sied aux objets, mais nous, nous épousions leurs regards, l'un compatissant, l'autre conquérant.

Les monstres finirent par nous envahir. Nous ne pensions plus qu'à eux. Il fallut se résoudre à les nommer. Nous les appelâmes du nom de nos cris : Tingueli-Tingueli et Kataro-Kataro.

Le rose voulait gagner, mais il perdait souvent. Il suggéra au marron de lui faire du mal, beaucoup de mal.

Je voudrais, dit-il, que tu me maltraites.

Mais, répondit le marron, je n'arrête pas de te maltraiter.

Tu le fais mal, dit le rose, je voudrais que tes victoires soient majestueuses. Tu gagnes parce que je ne supporte pas la cervelle écrabouillée. Mais vraiment, c'est trop facile.

Et qu'est-ce qui ferait de moi un vrai gagnant ?

Je ne te le dirai pas.

Ce jour-là, on ralluma la lumière sans que rien ne se passe. Les monstres furent jetés sur les lits comme de vraies choses inutiles et on se mit à jouer aux petits chevaux en attendant l'heure du repas.

Quand les parents nous appelèrent, nous étions contents de passer à table. Il y avait du poulet et des frites, et nous, on adorait le poulet et les frites ; c'est le cas encore aujourd'hui, quoique le croupion nous laisse toujours un goût métallique dans la bouche, celui du sang qui venait quand nous nous mordions la joue parce que ce morceau revenait à l'autre, et que l'on trouvait cela injuste, c'était notre tour de l'avoir, on réglerait l'affaire plus tard, pas devant les parents.

Notre appartement n'était pas très grand. Trois petites pièces situées rue Nobel, une salle d'eau comportant un lavabo et un bidet, une cuisine ridicule, et un long couloir. Pas si long, en réalité, mais le regard que posent les enfants sur les choses les grandit considérablement.

Lorsque nous débarrassions la table sur la *Marche turque* de Mozart, il nous paraissait immense, le couloir. Nous nous y croisions, chacun une assiette à la main, et nous avions le temps de nous lancer des regards, d'échanger des coups de coude, de nous faire des *tss tss* dignes des serpents les plus venimeux. Nos parents nous regardaient, émus, ils avaient deux beaux enfants gentils et calmes — que demander de plus ?

« Ce soir, on fait la bougie. »

L'un glisse ces mots à l'oreille de l'autre, dans le couloir justement, et celui qui reçoit l'invitation y perçoit une menace, mais la bougie ne se refuse jamais, même si le jeu des petits chevaux, ennuyeux à souhait, serait tellement plus approprié à celui qui, demain, doit participer à la répétition générale du spectacle de fin d'année ; il joue le rôle principal, il voudrait être en possession de toutes ses forces.

Quand les parents se sont mis devant la télévision, nous nous sommes enfermés dans la chambre, avons éteint la lumière et allumé la bougie. L'un de nous avait, ce soir-là, une furieuse envie de gagner. Quelque chose lui faisait penser que, s'il perdait, il ne pourrait pas supporter la gifle. Et cela, c'était inconcevable.

Notre jeu était au point. Depuis que le jeu existait, nous ne nous arrachions plus la peau des doigts, parce que ça, nous le faisions avant le jeu, nous arracher la peau des doigts pour montrer à l'autre à quel point c'était une souffrance de devoir vivre avec lui. Les parents ne nous avaient pas consultés : nous devions partager la même chambre, les mêmes nuits, les mêmes réveils, les mêmes repas, les mêmes vacances, la même vie. Nous avions les mêmes parents. Et, avoir les mêmes parents, voilà peut-être ce que nous n'avons jamais pu accepter.

Nous avions la même voix. Quand, au téléphone, les gens prenaient l'un pour l'autre, celui qui se trouvait confondu pleurait de rage.

Ce soir-là, donc, Tingueli-Tingueli et Kataro-Kataro furent arrachés à leur sommeil idiot au pied du lit par deux enfants furieux qui s'apprêtaient à lutter à la vie à la mort parce que l'un des deux voulait trouver une sorte de repos, provisoire sans doute, mais nécessaire. Celui qui n'avait pas compris ce soir-là à quel point cette lutte était nécessaire pour l'autre ressentait une lourde fatigue — parce que l'on a beau avoir la même vie, on n'est pas forcément fatigués au même moment — et il se préparait à servir de la cervelle écrabouillée, las, sans idée nouvelle, car la cervelle écrabouillée, malgré ce qu'en disait l'autre, ça marchait à tous les coups.

Il était tard. Les monstres ne tenaient pas debout. On eût dit qu'ils en avaient assez. Leurs six pattes ou bras pendaient, et on les laissait pendre. On voulait prendre l'autre par surprise, donc pas de zèle, pas d'excitation pour animer ces choses ballantes vers l'ennemi. Tout tiendrait en quelques mots. Mais seulement, ces mots, il fallait qu'ils fussent dits. Et le cœur battait dans la poitrine de celui qui voulait gagner ce soir-là. Il aurait voulu que son monstre s'animât de lui-même. Mais Tingueli-Tingueli et ses longs cils stupides, Tingueli-Tingueli qu'on aurait dit sur le point de pleurer, ne consentait pas à être autre chose que la peluche hideuse dont l'un de nous avait hérité. Kataro-Kataro ne valait guère mieux.

Peut-être ce soir-là les enfants rêvaient-ils de posséder un dragon noir avec des dents puissantes et une gueule forte. Ils étaient tombés en arrêt devant cet animal fantastique exposé à la Grande Galerie de l'Évolution.

Et les deux enfants, envoûtés par cette bête miraculeuse, ces enfants qu'on aurait dits happés par la béance de cette gueule s'étaient regardés. Chacun d'eux voulait être seul à contempler le dragon, ils ne supportaient pas de partager l'attirance qu'exerçaient sur eux ces dents puissantes et cette gueule forte.

Il n'y avait pas de place pour deux dans la fascination.

Le dragon avait marqué le début d'une révélation. Ils ne voulaient pas être deux, ils voulaient être un seul. C'était avant les petits coups sournois dans le couloir quand ils débarrassaient la table sur la *Marche turque*, avant les mots méchants, avant les monstres.

Et ce soir-là, l'image du dragon noir leur revint en mémoire au même moment. Ils ne pourraient dire comment ils surent que l'autre y pensait aussi, mais ils le surent. Et cette connaissance, loin de les satisfaire, les encombra. Ils ne voulaient plus rien savoir de ce que l'autre savait. C'était leur grand drame de savoir ensemble, de sentir ensemble, d'être ensemble. Ils ne pouvaient plus le supporter.

Tingueli-Tingueli se redressa le premier. Le mou devint tonique, l'inaction action et une énergie fulgurante traversa les deux monstres. Ils allaient enfin pouvoir se battre.

Kataro-Kataro se raidit. Ses six pattes se tendirent dans l'appréhension d'un danger imminent.

Je ne te veux aucun mal.

Ce furent les premières paroles de Tingueli-Tingueli. Kataro-Kataro grogna, comme s'il venait d'être égratigné.

Tu es stupide, et bête, et sans cervelle, moi qui rêve pourtant de l'écrabouiller, ta cervelle, attaqua Kataro-Kataro sans véritable conviction.

Il devait pressentir que le coup de la cervelle ne marcherait pas aussi bien que les fois précédentes.

Je te serre contre moi, et je te console, continua Tingueli-Tingueli, imperturbable.

Kataro-Kataro recula d'un pas, il n'aimait pas la tournure que prenaient les choses.

Et moi, tenta-t-il encore, je prends ta cervelle et je la piétine comme ça, là, tu vois, comme ça, il n'en restera rien, qu'une petite boule de sang, et tu sais, quand le sang devient boule, c'est vraiment dégoûtant, plus que dégoûtant, répugnant, et il doit exister un mot bien pire, mais je ne le connais pas.

Kataro-Kataro s'était donné du mal. Il espérait sans trop y croire que Tingueli-Tingueli ne s'apercevrait pas qu'il venait de s'avouer vaincu. Il ne connaissait pas le mot, Kataro-Kataro, le mot pire que répugnant, et pourtant — il en était certain — ce mot existait.

Tingueli-Tingueli se concentra pour ne pas être aveuglé par la boule de sang. Il savait quelle force avait Kataro-Kataro pour lui suggérer tout ce qui lui faisait horreur. Le mot qui désignait la boule de sang, il l'avait sur le bout de la langue et il ne voulait pas que sa langue arrive jusqu'à son cerveau.

Approche-toi, dit Tingueli-Tingueli, tout près de moi, regarde-moi et vois comme moi je te regarde. Je te, viens, plus près, je te, approche-toi encore, oui, mets tes yeux dans mes yeux, je te, viens, n'aie pas peur, je te, oui, comme ça, je te dis dans l'oreille quelque chose, oui, écoute, écoute ces mots, plus près encore, tu y es presque, non, reste, laisse-moi faire, je prends ta tête entre mes mains, voilà, ne bouge pas, s'il te plaît, laisse-moi te dire, oui, je te, non, ne recule pas — je t'aime.

Il y eut un hurlement.

Les parents entrèrent dans la chambre et nous séparèrent. Il fut décidé qu'au point où en étaient les choses (des choses qu'ils n'avaient pas vues venir) il fallait nous séparer. L'un de nous avait l'œil arraché, et l'autre, toute sa vie, regretterait de ne pas avoir arraché les deux.

L'un vécut tranquillement avec les parents, l'autre fut placé en internat. Nous ne nous vîmes plus qu'à Noël où il était inconcevable que nous ne passions pas cette soirée des réconciliations ensemble. Pour les vacances, nos parents s'arrangeaient pour nous envoyer l'un chez un oncle dans le Sud, l'autre chez une tante dans le Nord.

Tingueli-Tingueli et Kataro-Kataro allèrent ensemble au Secours populaire. Notre mère avait pressenti que nos malheurs venaient de là.

Puis il y eut les enterrements, d'abord papa, ensuite maman. Et que nous étions tristes ! Les larmes inondaient nos visages, surtout pour maman. Mais les larmes, la tristesse, la solitude, l'abandon, l'enfance si violente, notre enfance, la violence, la solitude, nous deux si tristes et si perdus ne m'empêchèrent pas de lui dire, au moment où le cercueil de maman descendait en terre pour toujours : « Le dragon noir aux dents puissantes et à la gueule forte, c'est moi. »

LA PROMESSE

Ça s'annonçait mal. Il a ouvert la porte, est entré dans la pièce, a jeté sa serviette sur le canapé et est reparti en maugréant parce qu'il avait oublié d'acheter le journal. Ça tombait bien qu'elle soit là, il avait deux mots à lui dire, et pff, disparu dans l'escalier, dévalé l'escalier tant la colère est grande. Petits rires étouffés dès qu'il a le dos tourné. Puis regarde ses ongles, les trouve un peu longs, mal peints, décide de mettre un vernis plus foncé, court dans la salle de bains comme si elle avait un train à prendre.

Violetta écoute la radio en se refaisant les ongles. Sa jambe bat la cadence sur un air en vogue qu'elle adore. Pour un peu, elle se lèverait et se dandinerait devant la glace en arrondissant les lèvres et en balançant les hanches d'un côté puis de l'autre, hop, hop, et un petit tour sur soi-même en claquant dans les mains. Mais il reste trois doigts à recouvrir de vermillon, puis attendre dix minutes en agitant les mains pour que ça sèche plus vite. Donc pas question de se lever et de faire la petite fofolle devant le miroir. De toute façon, il sera là d'un moment à l'autre avec sa moue désabusée et son regard triste, les épaules basses, le corps épuisé par sa journée de travail. Pourtant, il se contente de rester assis derrière un guichet à tamponner des imprimés et à répondre aux diverses requêtes des assurés sociaux. Quelle tâche ingrate !

Violetta glousse de plaisir. Ses ongles sont à nouveau parfaits et la radio diffuse maintenant une musique languissante qui lui rappelle un souvenir de vacances. Il va rentrer et elle sera là, des années en deçà d'eux, dans les bras d'un beau brun dont elle s'évertue à reconstituer les traits. Alors il pourra bien lui dire ce qu'il voudra, elle hochera la tête avec son air contrit d'enfant prise en faute et ça ne changera rien du tout. Mais s'il s'avise d'éteindre la radio, elle bondira sur ses deux pieds et ira s'enfermer dans la chambre. Elle ne tolère pas qu'il coupe le son sans lui demander son avis. Combien de fois la scène a-t-elle eu lieu ?

Elle ne s'en souvient pas : il lui barre le passage pour qu'elle reste dans le salon. Il doit lui parler et, aujourd'hui, elle ne s'en tirera pas comme ça. Non mais c'est quoi cette vie qu'elle mène à dodeliner de la tête sur ces tubes imbéciles ? Ah ! elle en passe du temps à s'occuper d'elle ! Les ongles, les cils, la bouche, les bas fantaisie, les changements de toilette dix fois par jour… et puis quoi ! Sa voix est plus haute que d'habitude. Il semble même à Violetta qu'elle tremble un peu. Elle s'amuse à compter les « quoi » et en relève cinq dans la même phrase. Et c'est plus fort qu'elle. Un fou rire lui chatouille le ventre. Mon Dieu, surtout ne pas rire ! Il faut se concentrer, penser à des choses tristes par exemple. Mais elle n'est pas triste, Violetta. À quoi pourrait-elle bien songer pour ne pas laisser libre cours à sa joie railleuse devant les yeux furieux de son tendre Jeannot ?

Pourtant, l'année dernière, elle a eu bien peur. Le téléphone a sonné et avant qu'elle ait eu le temps de dire « Allô » :

— Madame Cumin ?

— Oui, c'est moi.

— Votre mari est hospitalisé, il a été renversé par une voiture. On l'a transporté à l'hôpital Tenon. Pouvez-vous venir ?

— J'arrive immédiatement !

Violetta a reçu un tel choc qu'elle a complètement oublié de demander si c'était grave. Lorsqu'elle arrive essoufflée devant la porte de la chambre (316, elle s'en souvient), elle respire profondément avant d'entrer tant l'émotion est grande, et puis elle a horreur de tout ce qui est tuyaux, sang, sondes, pansements. Elle espère qu'elle ne va pas s'évanouir. Quand elle se trouve au pied du lit et qu'elle aperçoit son Jeannot la jambe dans le plâtre, surélevée par une courroie, une irrésistible envie de rire la secoue. Oh, ce qu'il est drôle ! Il a du sparadrap sur le nez et l'œil vitreux. Lorsqu'il la voit, il esquisse un sourire, mais un rictus déforme son visage. L'aversion de Violetta pour les tubes, les sondes et les pansements s'envole d'un seul coup tant son pauvre chou est comique dans cette posture. Elle avance vers le lit et pose sa tête contre l'épaule de son mari pour qu'il ne s'aperçoive pas qu'elle est au bord de l'hilarité. Mais malgré la lutte qu'elle se livre à elle-même pour ne pas rire, de légers soubresauts soulèvent sa poitrine. Alors, son Jeannot la console doucement parce qu'il croit qu'elle est en train de pleurer. Allons mon petit, allons, il y a eu plus de peur que de mal…

Jean est de nouveau là. Il jette son journal sur le canapé et se campe devant sa femme.

— Il faut que je te parle, ça ne peut plus durer.

— Qu'est-ce qui ne peut plus durer, mon chéri ? répond Violetta en soufflant sur ses ongles.

— Toi, comme ça, à ne rien faire de tes journées, pas faire le ménage, pas faire les courses, écouter tes mièvreries et profiter de moi.

Profiter de lui !

Là, c'en est trop ! Plus comique, il ne peut pas.

D'abord, ce sont de petits piaffements, puis le rire sort en cascade. Un rire énorme, gras, franc, qui contraste avec la figure fine et menue de Violetta. Le souvenir de l'épisode de l'hôpital juxtaposé à la face ahurie du mari achève de la plonger dans une euphorie maladive qui n'aurait pas connu de fin si ledit mari n'avait giflé sa femme.

Soudain, on est bien loin des airs en vogue, bien loin du gentil Jeannot immobilisé dans le plâtre, loin aussi du bout des ongles qui en ont pris un coup quand, dans un mouvement d'effroi, elle a voulu se protéger. En regardant de très près, il est possible de distinguer deux petites taches de vermillon sur la manche de la veste beige que le vilain Jeannot n'a pas pris le temps de retirer. Les yeux verts de Violetta se fixent sur ce détail. Et de nouveau… mais cette fois, l'envie est vite réprimée. Parce que, subitement, il se passe des tonnes de choses dans sa tête. Elle se souvient qu'elle a dû jurer à sa mère, avant que celle-ci ne meure, qu'elle quitterait sur-le-champ le premier homme qui porterait la main sur elle. Ce moment vient d'arriver. Si elle avait pensé à cette promesse tout à l'heure, quand il s'agissait de ne pas rigoler, cela aurait redoublé sa propension au rire. Jeannot, en train de la battre ! On aurait cru rêver ! Et elle l'aurait imaginé, rougeaud, les yeux exorbités, gesticulant pour l'atteindre, criant des infamies. Mon Dieu, ce qu'elle aurait ri ! Mais ce n'est pas cet homme qui se tient maintenant devant elle. Ses épaules ne sont plus basses, il n'a plus le regard triste, la moue désabusée. Ce n'est plus Jeannot, ce n'est plus mon petit lapin… c'est Jean Cumin, blanc comme un linge, pâle et effrayant comme la mort.

Quitter Jean. Quitter Jean. Ces trois syllabes cognent le cerveau de Violetta, se heurtent les unes aux autres jusqu'à se confondre avec le tressautement du marteau piqueur, en bas, dans la rue. Quitter Jean, un rythme saccadé qui trace en profondeur le sillon vers la rupture. Relever la tête bien haut et imprimer la promesse faite à la mère sur ses yeux à lui, bleu pâle, ternes, de grands yeux qui ne réfléchissent pas. Jean sort calmement, il quitte l'appartement sans ajouter un mot.

Seule. Donc, le temps de s'organiser. Bien sûr, ça fait un grand vide autour de soi. On ne pense même pas à allumer la radio. Il ne faut pas se laisser distraire. D'abord, l'argent. Demander à Caroline de lui trouver une place de vendeuse. Elle peut bien faire ça pour elle puisqu'elle connaît tous les commerçants de la rue piétonne. Lui demander aussi de l'héberger quelques jours. Elle vit toute seule dans un immense trois-pièces et sera ravie de la recevoir. Ça lui fera de la compagnie et, le soir, elles se feront des plateaux télé. C'est pratique, Caroline vit en face de Picard. De vraies vacances ! Comme tout est simple. Pourquoi Jeannot a-t-il autant attendu pour la battre ? Ah, la tête qu'il fera demain, lorsque qu'il rentrera du travail ! Plus de Violetta, disparue, évaporée Violetta. Mais nous n'en sommes pas encore là. Ne pas perdre de temps, téléphoner à Caroline, préparer les bagages, tout laisser à

Jean. Lui signifier par son détachement des objets son mépris pour ce qu'ils ont vécu ensemble. Lui retirer le pouvoir de dire : non, tu ne prendras pas ce fauteuil. Ne pas oublier de décrocher le poster des petits chats qui se pelotonnent autour de leur mère. C'est idiot, mais elle y tient. C'est dire à quel point elle n'est pas intéressée ! Elle préfère emporter une image plutôt que le poste de télévision. Qu'il garde aussi la radio ! Enfin, la radio, on verra.

Maintenant qu'elle s'est organisée, elle doit se reposer un peu avant d'entrer en action. Avant d'entrer dans les ordres, d'entrer en procès, d'entrer au couvent, d'entrer en colère, d'entrer au cimetière… Pauvre Jeannot. Elle l'imagine jetant une poignée de terre sur le cercueil, les yeux humides et reniflant comme un porc. Quelle vision ! Il vaudrait mieux qu'elle écoute ses chansons en préparant ses bagages. Cela lui éviterait d'inventer des histoires à dormir debout. Et s'il revenait là, maintenant ? Elle dissimulerait son projet, tournerait la tête pour qu'il ne remarque pas qu'elle a vieilli de dix ans. Elle s'excuserait, peut-être, pour qu'il ne se doute de rien.

Ah bon sang, ce qu'elle serait contente sa

mère, si elle voyait sa petite Violetta prendre une décision ! Violetta s'en souvient bien : sa mère, à l'hôpital, ce devait être un samedi, non, pas un samedi, impossible, Violetta l'avait imposé, jamais le samedi, un jour de repos, c'était pas du luxe. Sa mère devait comprendre que sa maladie pouvait durer des années. Et elle, Violetta, avait tellement besoin de ne pas subir l'odeur de l'éther au moins une fois par semaine… donc plutôt un vendredi. Oui, c'était un vendredi.

Sa mère lui avait pris la main, les yeux ouverts à demi parce que assommée par les médicaments qui coulaient dans ses veines. Un regard, en somme, pareil à ceux qu'elle lui avait si souvent connus ; sa mère avait passé sa vie à souffrir — Violetta, elle, ne souffrirait pas comme ça ! —, elle lui prend la main, donc, et dans ce contact quelque chose la dégoûte. Elle ne saurait dire quoi. Peut-être ces bagues autour des doigts gonflés par les médicaments, parant cette main inutile posée sur le drap et qui, dans un sursaut, serre parfois celle de sa fille… Violetta, sa fille. La main de Violetta enfermée dans celle de sa mère, qui, les paupières lourdes, un vague sourire aux lèvres, dit : ma petite fille, ma petite fille. Des mots murmurés qui s'immiscent jusqu'au cerveau de sa fille tandis que celle-ci se protège contre la plainte éternelle, *I'm in love again*, Violetta aime cette chanson, elle y est sensible, bien plus qu'à ce qui sort de cette bouche aux commissures blanches, longue litanie du désespoir. Les paroles que Violetta ne veut pas entendre se mêlent parfois à celles de la chanson. Les hommes, et la vie foutue en l'air, le cœur brisé, se méfier, ils frappent, ils frappent fort avec leurs mains qu'on a aimées et qu'on trouvait puissantes. La main de mère serre, serre de plus en plus fort… tu m'entends, ils te battent et te battent encore, même lorsque tu es par terre et que tu les supplies.

Et c'est pour ça qu'elle meurt ? se demande Violetta dans un sursaut de conscience.

I'm following you, hou hou hou… Parce que tu vieillis ma fille, continue la voix, parce que tes seins tombent, alors ils ont peur, tu leur fais peur, et ils frappent. Toi, ils ne te tueront pas. Tu es belle, tu as du cran. Prouve ton caractère et ta force en quittant le premier qui lèvera la main sur toi. Tu m'entends, Violetta ?

J'ai du caractère, je suis belle, mais ma main est sous la tienne, douce maman presque éteinte, et j'écoute la chanson qui bat mes tempes, et je sens les hommes qui t'ont battue, elle me bat la chanson, et son rythme tronçonne mon âme pire que tes mots à toi qui refilent la gangrène. Pauvre maman, qui pouvait t'aimer sans vouloir te battre ? *For ever, for ever…* je vivrai avec un poste de radio parce qu'on allume, on éteint, on allume, on éteint.

Tu m'entends, Violetta ? Fais-moi la promesse que… promets-moi que…

Violetta n'a pas le temps de promettre. La pression maintenant est moins forte et elle peut libérer sa main. Sa mère ne serre plus. Les bagues brillent de ce faux or qui a toujours fasciné sa fille. Dis, maman, tu me donneras tes bagues ? Non, ces bagues, ce sont des sentiments. Celle-ci c'est Paul, celle-ci c'est Patrick, celle-ci c'est Bertrand, celle-ci…

Maman, tu garderas toutes tes bagues. Emporte-les avec toi loin de Paul, de Patrick, de Bertrand. Ils ne pourront plus rien contre toi, petite maman, murmure Violetta dans un souffle.

Puis elle regarde par la fenêtre, et le silence de Paris l'été monte jusqu'à elles. Violetta s'approche du lit, et tandis que le refrain frappe ses tempes un peu plus violemment, étreint sa mère, promet, promet encore, pleure, se souvient qu'elle a rendez-vous chez le coiffeur, alors fait un pas pour s'éloigner, puis se rapproche, car enfin, un rendez-vous chez le coiffeur... Elle voudrait soudain que sa mère l'emporte avec elle.

Mais ce n'est pas possible.

S'organiser. Dépunaiser le poster, prendre les petits chats, téléphoner à Caroline... Dépunaiser. Organiser les bagages, téléphoner à Caroline, prendre les petits chats. Téléphoner. Prendre les petits chats, dépunaiser, faire les bagages.

Non, attendre. Allumer la radio et attendre. *I'm in love with you.*

Jean finira bien par rentrer. Et l'idée qu'il puisse la battre ne lui fait plus peur. Il se pourrait même qu'elle ne lui en veuille plus. Elle est prête maintenant à troquer son Jeannot lapin contre Jean Cumin, un homme enfin.

DIALOGUE

Je me dis oui tu le désires. J'entre dans sa bouche. J'applique ma langue contre la sienne, je m'applique, oui, je me dis, c'est bien, serre-le très fort, montre-lui que oui, tu veux. Frotte ton corps contre le sien, avec ta jambe, caresse sa jambe.

Les fleurs dans le tableau sont trop bleues, d'un bleu qui noie tout, l'arbre, l'oiseau sur l'arbre et la petite maison en pierre. Le tableau est accroché sur le grand mur, en face du lit.

Il se dit je la désire trop, j'aimerais tant la désirer mieux, il se dit elle m'embrasse trop fort, comment peut-elle oser entrer si profondément dans ma bouche, il se dit elle ne me laisse plus le choix, je dois la prendre.

Le lustre pend comme un vieux débris inutile. Ici, on n'allume pas.

Je me dis tant pis, cette fois tant pis, on ira jusqu'au bout. Je me dis oui, son sexe entrera dans le mien. Je me souviens, il avait avoué qu'il aimait que la femme soit sur lui, je me souviens, nous l'avions forcé à le dire, un soir de beuverie. Il l'avait dit en riant et en me regardant. Alors, je vais sur lui.

Sur le papier peint, les biches ne sont pas effrayées. Aucune d'elles ne tourne la tête vers le buisson où se trouvent deux chasseurs qui les guettent. L'oiseau qui déploie ses ailes ne les alerte pas.

Il se dit elle fait tout avec sa tête, je n'ai plus de place, elle m'étouffe, il se dit, je vais la pousser sur le côté, je vais essayer autrement. Mais autrement, ça ne marche pas non plus. Elle prend mon sexe avec sa main, il se dit non, elle a toujours tout guidé, mais pas ça, pas mon sexe.

Il y a des biches partout, et des chasseurs, et un oiseau. Les mêmes biches, les mêmes chasseurs, le même oiseau.

Je me dis, il retire ma main, il ne veut pas que je l'aide, il veut que son sexe entre naturellement dans le mien, sans que je le tienne. Je me dis aide-le autrement, soupire, fais-lui penser au plaisir. Mais pas trop, ne l'effraie pas. Attends, non, il se retourne, il n'en peut plus de ne pas pouvoir. Ne l'abandonne pas.

Il se dit je ne pourrai pas. Son odeur me fait peur, sa bouche me fait peur, son sexe me fait peur. Je ne peux pas.

Les rideaux sont épais. Ils restent tirés pour ne pas déranger la poussière, pour que la lumière n'entre pas.

Je me dis je vais le sucer. J'ai envie de pleurer parce que, plus qu'un désir, c'est une idée. Je me dis, je vais l'embrasser, et puis je vais embrasser son cou, et puis sa poitrine, et puis son ventre. Je vais descendre, et je vais prendre son sexe dans ma bouche.

Une goutte d'eau, à intervalles longs, mais réguliers, frappe la porcelaine du lave-mains.

Il se dit elle est en train de me sucer. Oui, c'est bon, se dit-il. Pourtant, son sexe ne veut pas, son sexe est mou. La bonne volonté qu'elle met pour le faire durcir l'écœure un peu. Une curieuse impression qu'elle le tète. Il se dit, ce doit être la première fois qu'elle suce un sexe aussi désespérant, qu'elle prend à pleine bouche l'impuissance d'un homme. Cet homme, c'est moi, se dit-il, et il se met à la haïr.

Les biches ne fuient pas, les chasseurs ne tirent pas, l'oiseau ne s'envole pas. Ils restent figés, répartis à l'infini sur les murs de la chambre.

LA JUPE

Je quitte Charlotte. Elle disparaît à l'angle de la rue Vieille-du-Temple et de la rue de Turenne. Mais se croisent-elles vraiment, ces deux rues, est-ce que je ne confonds pas ? C'est bien sûr toujours moi qui regarde disparaître les gens, eux ne se retournent jamais. On ne se retourne que lorsque l'on n'est pas sûr de quelque chose, ou de quelqu'un, ou qu'on est amoureux, mais de moi, on ne doute pas, je fais en sorte que l'on disparaisse heureux, apaisé, confiant.

Charlotte aime faire les boutiques, aime les marques, aime passer des heures dans les magasins à soupeser les bonnes affaires. Nous venons d'arpenter la rue des Francs-Bourgeois, nous sommes au mois de janvier, au moment des soldes.

Ils font 50 % sur tout Ventilo. On entre, c'est trop beau 50 % sur tout Ventilo. Qu'est-ce que tu penses de cette jupe ? Elle est très belle. Elle t'irait très bien. Tu crois ? Essaie-la.

Je m'exécute. La jupe me moule les fesses que j'ai plates et emprisonne mes jambes que j'ai épaisses.

Elle te va superbien.

Tu trouves ?

Je trouve.

Je croyais que tu la trouvais belle pour toi.

Non, pour toi, fais-moi confiance.

Charlotte vient de prononcer le mot clé : confiance. Je dois lui faire confiance, parce qu'elle est celle des deux qui sait. Je l'accepte, et elle tient à moi pour cette raison-là.

Prends-la. C'est donné.

Donné, pour Charlotte, c'est cent trente euros.

Oui, tu as raison, c'est donné.

Nous sortons du magasin avec un sac Ventilo, les sacs Ventilo sont beaux, c'est toujours ça de pris, me dis-je, sachant que cette jupe, je ne la porterai pas. Mais décevoir Charlotte est au-dessus de mes forces, Charlotte que j'aime tant voir toucher les textiles et deviner leur composition sans regarder l'étiquette.

C'était un jour, avec Charlotte, où nous étions en janvier, mois des soldes, et nous nous promenions rue des Francs-Bourgeois, et après que j'avais acheté, pour ne pas contrarier Charlotte, une jupe qui ne m'allait pas, j'avais bavé d'envie sur les hauts et les bas et les manteaux, et les chapeaux et les bas et les bijoux qu'elle s'était offerts en touchant les tissus en lisant les étiquettes en comparant en jaugeant en sachant, car nulle ne savait mieux qu'elle laisser ou prendre, c'était un art, elle ne se trompait jamais.

Ta jupe est vraiment formidable, avait-elle dit alors que nous occupions une table de quatre dans un café tellement elle avait de paquets. Elle venait de dépenser neuf cent quarante-cinq euros, j'avais compté, et elle avait les joues roses comme après le sport.

Toi, Delphine, m'avait-elle dit, tu dépenses peu et tu vises bien. Tu m'as fait confiance pour la jupe, et tu as eu raison.

Je ne connaissais pas Charlotte depuis longtemps. Avec elle, j'oubliais presque que cent trente euros, c'était le dixième de mon salaire.

Et puis, elle fut pressée par un rendez-vous important, alors que j'aurais tant aimé qu'elle me parle encore de toutes les bonnes affaires qu'elle venait de faire.

Je payai les consommations, c'est-à-dire un café pour moi et un jus de tomate et une brioche pour elle, parce que c'était évident que cent trente euros ne m'avaient pas ruinée, ce n'était rien comparé à neuf cent quarante-cinq.

Charlotte ne m'a pas remerciée. Les choses sont décidément normales pour elle. Elle doit filer, et je ne me suis pas posé une seconde la question de savoir si j'ai envie de rester dans le café, je l'ai suivie.

Nous sommes à l'angle de la rue Vieille-du-Temple et de la rue de Turenne, et après un faux baiser sur la joue parce que nous portons du rouge à lèvres, elle disparaît.

Et puis si, tiens, je vais la mettre cette jupe, et pas plus tard que ce soir.

Et c'est déjà le soir où, seule, chez moi, je porte ma jupe en me faisant des coquillettes, et j'ai soudain envie de sortir car seule chez moi avec ma jupe ce n'est tout simplement pas possible mais je n'ai personne à aller voir, et puis si, tiens, si j'allais voir Simone, ça fait longtemps que je n'ai pas vu Simone, me dis-je en me servant un troisième verre, de médoc s'il vous plaît !, je ne bois pas de la piquette avec une jupe à cent trente euros sur le cul, j'ai ouvert la bouteille que Régis m'avait offerte en me disant qu'on la boirait tous les deux un soir, mais pas tout de suite, ce vin devant vieillir, mais Régis et moi, ça n'a pas duré le temps du vin.

Suis-je saoule ?

D'accord d'accord, je ne dis pas non. Mais à ce stade d'ivresse, je ne peux me résigner à aller me coller devant le sixième épisode de la saison 5 de « 24 heures », série qui, je l'avoue, me tient bien en main.

Ni à appeler Simone qui me déprime complètement et qui ponctue toutes mes phrases par un « Moi, c'est pareil ».

J'empoigne mon téléphone.

06 44 19 59 09

J'suis con ! C'est mon numéro !

Je recommence.

Je regarde dans mon carnet.

Il n'y a rien à A. Je vais à B.

Benoît. Je n'ai pas son nom de famille, mais je me souviens bien de lui, je pourrais même dire que nous aurions pu être amis s'il s'était donné la peine de me téléphoner à l'époque où nous nous étions rencontrés.

06 20 94 20 61

Ça sonne.

Oui ?

C'est moi !

Mais encore ?

C'est Delphine. On s'était rencontrés au mariage d'Isabelle, ma cousine, l'hiver dernier.

Delphine ! Comment vas-tu ?

Est-ce qu'il me remet vraiment, je ne sais pas, mais je fais comme si.

Ça va, lui dis-je. En fait, j'appelais pour savoir si on pouvait se voir. Et j'avale discrètement une gorgée de médoc.

Pourquoi pas.

Maintenant.

Silence.

D'accord.

Il me prend pour une pute, mais ce n'est pas grave. Moi, personnellement, me dis-je en déglutissant, je n'en suis pas une, je le sais, et c'est suffisant.

Benoît devant moi une demi-heure plus tard, c'est trop beau pour être vrai.

Entre, lui dis-je.

Déshabille-toi, me dit-il.

Et je le fais. Je retire ma jupe, et mes collants, et mon tee-shirt, toutes ces choses qu'il n'a pas eu le temps de bien voir, surtout la jupe, mais peut-être, me suis-je dit le lendemain, cette jupe a-t-elle eu cet effet-là qu'il m'a voulue tout de suite, sans parler, sans me demander des nouvelles de ma cousine, et nous avons couché ensemble sans un bruit, parce que, dès que je prononçais une parole, il mettait sa main sur ma bouche. Il me voulait silencieuse, je l'ai été jusqu'au matin, parce que, oui, Benoît a dormi chez moi.

Aux aurores, il m'a dit qu'il fallait qu'il se sauve, et lorsque j'ai voulu savoir quand nous nous reverrions, il a posé sa main sur ma bouche.

Il a disparu, mais pas complètement : il a oublié le stylo avec lequel il m'avait fait un chèque de cent euros en me conseillant d'aller m'acheter une autre jupe.

J'ai offert le stylo à Charlotte, un Mont-Blanc, et je n'ai pas racheté de jupe. J'ai encaissé le chèque et j'ai foncé au Super U pour m'acheter des boîtes. J'ai coupé ma ligne de téléphone et, depuis, je végète en jean, en regardant « 24 heures » et en bouffant des cassoulets que je ne fais même pas chauffer. Au travail, ils me trouvent mauvaise mine. Enfin ! on s'intéresse à moi.

GRANDE ENTREPRISE

Penser, dès que j'arrive, à téléphoner aux services généraux pour qu'ils installent les étagères dans mon bureau. Ces gens-là ne se rendent absolument pas compte du travail qui s'accumule, des dossiers qui s'entassent. Ce n'est quand même pas bien compliqué de monter deux planches pour que je puisse mettre un peu d'ordre dans mes papiers. On attend de moi que je fasse tourner une équipe de dix personnes et on ne fait rien pour m'aider. Je me demande même s'ils n'ont pas reçu des instructions pour répondre, chaque fois que je reviens sur la question, qu'ils ont d'autres urgences et que ce sera fait bientôt. Je me demande bien ce qui peut être plus urgent. Les bureaux des grands chefs, sans doute. Ce sont eux qui ont décidé d'emménager ici parce que la surface locative est meilleur marché. C'est donc à eux que reviennent les honneurs de l'installation.

Cesser de penser aux étagères et se concentrer sur… mon Dieu, je vais être en retard ! Je m'étais pourtant juré de me trouver sur les lieux avant elle. Pourvu qu'elle ne soit pas trop matinale aujourd'hui. Trois semaines que nous avons emménagé, trois semaines que ses cartons sont entassés dans un coin du bureau. Elle en a ouvert un seul, pour avoir devant elle de quoi faire semblant de travailler. Elle prétend que les autres cartons attendront. J'ai demandé à Bourgoin d'intervenir, ce qu'un patron devrait être en mesure de faire, mais il m'a rétorqué « Écoutez, Jean, j'ai d'autres chats à fouetter » et de m'expliquer qu'il me faisait confiance pour obtenir de mon équipe ce que je voulais. Un lâche, oui ! Mon équipe, c'est dix personnes. Des personnes que j'ai recrutées une par une, que j'ai choisies sur la base de leurs compétences, mais surtout pour qu'elles soient capables de m'apporter leur soutien et que je puisse compter sur elles pour mettre les bouchées doubles dans les moments difficiles. Un déménagement est toujours un moment difficile, et Pauline, je ne peux pas compter sur elle.

Neuf heures moins cinq. Je n'y serai jamais. Elle est probablement arrivée. Depuis que nous sommes dans ces nouveaux locaux, elle est d'une ponctualité déconcertante. Les autres arrivent péniblement vers neuf heures et demie - dix heures, elle, non, toujours là à neuf heures, comme si elle relevait un défi et se mettait sur le même plan que moi qui, pour montrer l'exemple et contrer les abus, ai décidé de me lever tôt le matin. Elle m'emmerde, Pauline !

Éviter les dérapages verbaux qui ne font qu'envenimer les choses.

Penser à conserver mon calme, à la regarder dans les yeux, à parler d'un ton égal, à poser ma voix, à ne pas me laisser gagner par l'émotion.

Ah, ça roule enfin.

*

En reliant les points, tu découvriras pourquoi Sam saute de joie.

Déjà un quart d'heure que je me demande ce qui pourrait faire sauter de joie ce pauvre Sam. Je dois livrer mes jeux ce matin car l'illustrateur part en vacances. Je dois aussi relire le texte de juin pour apporter les corrections. Je dois proposer une idée pour la rubrique « Petits savants » sur les dinosaures. Je dois sélectionner le courrier des enfants. Sam n'a aucune raison de sauter de joie.

En reliant les points, tu découvriras pourquoi Sam est en larmes.

Son ballon est crevé. Non.

Il est tombé et s'est écorché le genou. Non.

Un chien l'a mordu. Non.

Un renard lui a chipé son pain au chocolat. Non.

Un monstre s'avance vers lui et Sam a peur, très peur. Il se demande comment il va bien pouvoir faire pour lui échapper. Le monstre prend son temps, marche d'un pas tranquille et il regarde Sam droit dans les yeux. Son regard est froid comme la pierre et il brûle l'enfant jusqu'au fond de la gorge. Il dit : « Je vais faire de toi ma chose. » Il dit : « J'ai le pouvoir. Je suis un monstre très effrayant, tu es un enfant très fragile. » Il dit : « Nous deviendrons amis si tu acceptes de dire oui à tout ce que je dis. » Sam promet, il dit « D'accord, soyons amis », tout plutôt que d'être dévoré, pense-t-il. Le monstre sourit. Il pointe de son doigt le pantalon du petit garçon. « Baisse ton pantalon », lui ordonne-t-il. Sam tremble, il lui semble soudain qu'il a eu tort de vouloir faire copain-copain. On ne peut pas devenir ami avec les monstres. Les monstres, il faut les combattre avec des épées et de la force dans les bras. Quand il était tout petit, sa maman lui disait : « Tu es fort, mon Sam, tu as des muscles dans les bras. » La voix de sa maman l'aide à se ressaisir. Les mamans, c'est fait pour ça. Quand on entend la voix d'une maman au moment où l'on est prêt à baisser les bras, on l'écoute et on ferme ses petits poings pour combattre, même si l'ennemi a la gueule terrible de l'ennemi, la taille haute et les pieds sur terre. Sam s'avance et dit : « Je retire ma promesse de dire oui à tout ce que vous me direz de faire. » Le monstre rit. Le rire du monstre a ceci de redoutable qu'il balaie sur son passage tous les paysages auxquels vous vous accrochez pour croire que la lutte est possible : une colline dont vous connaissez par cœur les contours et à laquelle vous pensez très fort pour imaginer que le monde vous protège, une marée basse, un carrefour dans une forêt où il n'est pas impossible d'apercevoir une biche, un jardin mal arrangé parce que votre grand-mère vous explique que la nature a pris le dessus sur elle, qui est déjà si vieille, une plage à Saint-Clair en avril où vous pleurez parce que c'est la plage de votre toute petite enfance et qu'aujourd'hui, à cause du froid, vous ne pourrez pas vous baigner. Le monstre ne se laisse pas gagner par les collines, les plages et les jardins, parce qu'un monstre dans un jardin reste un monstre, c'est une bête qui n'est absolument pas sensible à son environnement.

Sam ne peut plus reculer ou prendre la fuite. Il doit bander ses petits biceps et mettre un pied devant l'autre, l'air de ne pas avoir peur. Et c'est très difficile de faire semblant de ne pas avoir peur. Il fixe à son tour le monstre droit dans les yeux. Les monstres n'ont pas l'habitude qu'on les regarde droit dans les yeux. Le monstre renifle et agite une patte. Il semble hésiter, et c'est le moment que Sam choisit pour foncer sur la bête et lui bourrer le ventre de ses petits poings. Il n'a plus du tout peur. Frapper lui donne des ailes. Les collines, les jardins en friche, les biches qui surgissent de derrière un tronc d'arbre, la plage de Saint-Clair et la tristesse d'avril cognent de toutes leurs forces avec lui.

Le cerveau de Sam se vide, et c'est très agréable. Sa tête est dans ses poings, ses rêves sont dans ses muscles, il frappe et frappe et frappe, jusqu'à ne plus toucher terre, jusqu'à ne plus savoir qu'il existe. Il est désormais à égalité avec le monstre. Ne plus avoir d'existence est une force.

Les pas se rapprochent. C'est à n'y rien comprendre. Le monstre est immobile, et cependant, il marche. Les forces de Sam le quittent ; il redevient vivant.

*

C'est abrutissant ces gens dans le bus qui laissent aller leur corps à chaque coup de volant, comme des bestiaux. Les gens ne savent pas se tenir debout. Neuf heures dix. Maintenant, l'ascenseur. Ces « quel étage ? » et ces « bonne journée » répétés quinze fois tous les matins avant d'arriver péniblement au sommet du bâtiment m'usent. Notre société est au dernier étage, et je dois reconnaître que, pour une fois, nous ne sommes pas trop mal lotis. La presse jeunesse est d'ordinaire perçue par nos dirigeants comme la cinquième roue du carrosse, et, dans la décision de bien nous installer, j'ai vu l'engagement d'un challenge. Mon équipe n'y voit que la possibilité d'aller fumer une cigarette sur la terrasse mais il ne faut pas trop lui en demander. Et puis c'est mon rôle de la protéger de ces enjeux du pouvoir, de faire en sorte qu'elle se sente en famille et non dans une entreprise où tout ce qui ne fait pas de profit disparaît.

Apparemment, il n'y a pas encore grand monde. Si, Pauline est là. Je le sens, je le sais. Elle n'est pas en train de défaire ses cartons, je n'entends pas de bruit. Je vais, cette fois-ci, lui ordonner de les ouvrir et de ranger ses affaires. Je suis capable de le faire, je suis payé pour obtenir des gens le meilleur d'eux-mêmes, je sais, à cette seconde, que l'obliger à plier va me procurer du plaisir.

Passer d'abord par mon bureau pour me débarrasser de cette sacoche lourde de documents, me laver les mains, prendre ma respiration.

*

Je l'entends, c'est lui.

Réponse : Sam saute de joie parce que son papa lui apporte une glace.

C'était si simple. En reliant les points, les enfants découvriront un papa qui tient une glace. Sam a beaucoup de chance. Il va se multiplier en des milliers d'exemplaires, la joie au cœur à la vue d'une belle glace à l'italienne, et faire des milliers d'envieux.

— Bonjour Pauline.

— Bonjour Jean.

— Vous travaillez sur quoi, là ?

— Je suis en train de finir les jeux.

— Très bien, je les verrai en fin de matinée. Dites-moi, Pauline, est-il normal que vos cartons s'entassent encore alors que cela fait trois semaines que nous avons emménagé ?

— Je suppose que non, ce n'est pas normal.

— Je crois avoir été patient avec vous. Je vous demande maintenant instamment de bien vouloir déballer ces cartons et d'en ranger le contenu dans vos placards.

— J'entends.

— Je suppose aussi que ce sont vos dossiers de travail qui restent ainsi bien empaquetés.

— Oui, bien sûr.

— Maintenant, mettez-vous à ma place et imaginez ce que je peux penser d'une personne qui laisse reposer dans des cartons tout ce dont elle a besoin pour travailler.

— Je veux bien essayer.

— Essayer quoi ?

— De me mettre à votre place.

Il veut ignorer qu'il sait que je me paie sa tête.

— Je voudrais que d'ici une heure, vos cartons soient défaits, jeux terminés ou pas.

— L'illustrateur les attend en fin de matinée.

— Ça m'est égal. Les cartons sont une priorité.

*

Et dire que j'avais l'intention de lui proposer un poste de chef de rubrique. Elle en a les qualités. Elle est rapide et créative. Je la croyais docile.

Téléphoner aux services généraux pour qu'ils viennent m'installer des étagères.

Convoquer l'équipe pour proposer une date de pot et tâter le terrain. Se porte-t-elle bien, s'est-elle bien adaptée aux nouveaux locaux, a-t-elle rencontré des problèmes particuliers. Un chef qui néglige le moral de ses troupes dirige une armée qui va à sa perte.

Régler le problème Pauline.

Détenir le pouvoir n'est pas si aisé qu'on croit. Je n'invente rien ; ils ont été des millions avant moi à devoir se confronter aux pauvres gens qui imaginent qu'on est nés avec le pouvoir dans la peau. Et, peut-être, n'est-ce pas entièrement faux. Y aurait-il dans les gènes quelque chose qui vous pousse à être ce pour quoi vous êtes fait ?

*

J'ai peu de cartons. Six : j'en ai ouvert un, celui qui enfermait papiers, stylos, tapis d'ordinateur, calculatrice, scotch et Petit Robert. Les cinq autres sont empilés dans un angle, je peux les voir de mon bureau et je les regarde souvent, apaisée par l'inutilité de leur contenu et rassérénée par leur présence lourde. Ce sont des cartons de la société de déménagement Armancourt, et ce nom même me fait du bien, Armancourt, c'est une belle image du temps qui passe ou, plutôt, du temps qui se prélasse, et qui ne passe pas.

Jean a laissé échapper une feuille de sa pochette. Il y a des personnes qui ne se déplacent jamais sans une chemise sous le bras. Passer d'un point à un autre les mains vides les condamne à se sentir inutiles et coupables.

La feuille est allée voler sous le petit meuble. Je n'irai pas la ramasser. Elle ne m'intéresse pas. Pas plus que ne m'intéresse la possibilité d'une fuite. Je ne quitterai pas cet endroit, que je déteste, dont je hais les occupants, les porteurs de café, les sous-chefs, les chefs, les grands chefs, les petits chefs, qui meuvent leurs compétences dans des toilettes qui s'allument toutes seules, dans des ascenseurs qui parlent, qui s'adressent aux téléphones qui clignotent et qui aiment la grande entreprise comme une armée de singes. Je suis un petit soldat qui ne sait plus faire grand-chose depuis que son petit chef lui a dit, le jour de l'emménagement : « Pauline, vous sentir mal ici est une sorte de caprice. Aimez l'entreprise ou quittez-la. »

Il avait appris, pour *Côté Sud*. Il était tombé sur l'article pendant son été en Corrèze, dans sa belle maison dont nous avions vu des photos.

Nous nous étions agglutinées derrière son ordinateur comme des poules derrière un grillage, et nous avions admiré sa demeure, Marie-France, sa femme, un sécateur à la main devant les roses trémières. Nous avions enfin découvert celle qui était toujours restée un mystère pour nous.

Il m'avait dit, au retour des vacances : « Alors, comme ça, Pauline, vous allez interviewer des designers ? Mais vous vous y connaissez en design ? Et savez-vous que, pour écrire dans d'autres magazines que les nôtres, il faut demander une autorisation ? Vous l'ignoriez, j'en suis certain, mais maintenant, vous ne pourrez plus dire que vous ne saviez pas. Je m'oppose donc formellement à ce que vous écriviez dans d'autres journaux que ceux du groupe. »

J'avais accusé le coup et m'étais juré de ne jamais plus le contrarier. C'est vrai, j'aurais dû demander l'autorisation. C'est vrai, tout ce que je savais écrire, c'était lui qui me l'avait enseigné, et il était immoral que j'aille vendre ailleurs le talent dont il m'avait pourvue. Son regard, chaque jour, me renvoyait le savoir qu'il avait de ma reconnaissance. C'était convenu, je lui devais beaucoup. Il m'invitait parfois à déjeuner, et je m'entendais dire que je progressais, que je réussirais un jour à écrire quelque chose de plus personnel, une petite histoire pour ses journaux par exemple, enfin, peut-être. Un jour, je l'avais pris au mot et lui avais présenté l'histoire d'un lapin qui refusait de manger des carottes. « L'idée est bonne, m'avait-il dit, mais votre lapin aurait dû accepter de manger des carottes. » On en était restés là. Je n'ai jamais osé reprendre la plume pour parler des lapins ni d'autre chose. Hormis de design. *Côté Sud*, c'est arrivé après, et je n'ai pas pris la mesure de mon audace ni de son possible courroux. Mais surtout, je n'ai pas imaginé un seul instant que sa rage puisse réapparaître ce jour où, dans un moment d'égarement, il y a trois semaines exactement, je lui ai confié : « Jean, je me sens mal, ici. M'accorderiez-vous la possibilité de faire les jeux et la rubrique "Petits savants" chez moi ? »

*

Bon sang, ce n'est pas possible, où est passée cette feuille ? Je me donne la peine, hier soir, de coucher sur papier deux ou trois choses que je sais de Pauline et qui vont m'aider à la faire plier, d'élaborer une sorte de stratégie de déstabilisation, et pff ! il faut que tout ça disparaisse comme par enchantement. Pas d'énervement, elle ne doit pas être loin. Mais si j'avais des rangements dignes de ce nom, de tels incidents ne se produiraient pas.

Retrouver la feuille.

Téléphoner aux services généraux.

Convoquer l'équipe pour trouver une date pour le pot.

Demander à Delphine qu'elle se renseigne discrètement auprès de Pauline sur ses intentions.

Se faire confiance.

Téléphoner à Delphine dès qu'elle arrive.

Neuf heures trente-cinq.

Boire de l'eau, ou plutôt non, aller chercher un café au distributeur, mais mince, j'ai donné toute ma monnaie au kiosquier, je m'en souviens maintenant, jusqu'au dernier centime. Pas de café, ou plutôt si, demander à Pauline si elle a de la monnaie, se pas s'interdire de lui demander quelque chose de simple, après tout, nous ne sommes pas fâchés, et une fois qu'elle aura déballé ses cartons, tout redeviendra comme avant.

J'entends des pas, l'équipe commence enfin à arriver. Peut-être ferai-je une petite allusion aux horaires lors du pot de réconciliation. Qu'est-ce que je raconte, nous ne sommes pas en guerre. L'équipe est un soutien, pas un ennemi. Est-ce que Delphine est là ? Delphine a un lien privilégié avec Pauline, je l'ai observé à maintes reprises. Elles ont l'une pour l'autre une attirance que je n'ai pas vue venir. Parce que c'est aussi mon rôle de prévoir ce genre de choses. Les gens doivent s'entendre, se manifester de la sympathie ouvertement, mais pas en douce. Or Pauline et Delphine s'entendent sur un mode sournois, propice aux petites manigances. Pauline et Delphine. Je ne vous laisserai pas comploter derrière mon dos.

Je me rends compte que je viens de parler à voix haute.

Éviter de parler à voix haute quand je suis seul dans mon bureau.

Où est cette feuille ? Je suis pourtant certain de l'avoir sortie de ma sacoche et de l'avoir glissée dans mon dossier des urgences de la journée. Ces notes, je les ai prises dans l'éventualité d'une résistance de sa part à ouvrir ses cartons et…

Ne pas se justifier.

J'ai, je l'admets, écrit hier des choses sur le comportement asocial de Pauline depuis trois semaines, et cela, je l'ai fait dans le souci d'y voir plus clair, non pour piéger qui que soit, je n'ai personne à piéger, les choses ne se posent pas en ces termes.

J'ai perdu le fil de ce que je disais. Se calmer et reprendre dans l'ordre.

Convoquer Delphine, immédiatement.

Prévenir l'équipe du « Cahier parents » que j'aurai cinq minutes de retard.

Allons, un peu de nerf !

— Delphine ? Vous pouvez venir me voir une minute, s'il vous plaît ? Et, oh ! par pitié, apportez-moi un café, je vous rembourserai. J'en ai fichtrement besoin.

Ne pas aborder le problème Pauline de front. Laisser venir, la mettre en confiance, lui demander des nouvelles de son petit garçon. Merde, il s'appelle comment, déjà ? C'est l'ennui quand on n'embauche que des femmes. Il faut une bonne mémoire pour retenir les prénoms stupides dont sont affublés les enfants aujourd'hui.

*

Non, c'est autre chose. Ce n'est pas son « Aimez l'entreprise ou quittez-la » qui a détruit tout ce qui en moi voulait faire bien, toujours mieux, prouver que j'étais capable de sa confiance.

Des petits picotements qui m'ont chatouillé la nuque, si légers et si nombreux qu'on ne peut pas à proprement parler de picotements, mais plutôt d'une espèce de vague animée de mille têtes, mille minuscules petites têtes qui bougeaient de gauche à droite et de droite à gauche comme pour dire non non non, des milliers de « non » qui tentaient d'atteindre mon cerveau tandis que je disais oui, je comprends, la gorge serrée, les yeux plissés, le souffle court, les bras repliés contre mon ventre, oui, je comprends, disais-je, sans mesurer le sens de la phrase qui venait d'être dite d'un ton posé et d'une voix calme, cette phrase à laquelle je répondais oui je comprends mais qui marquait pour moi la fin de tout espoir. « Vous savez, ma petite Pauline, si encore vous aviez du talent, peut-être que j'accueillerais favorablement la requête que vous me faites de travailler une journée chez vous. Mais ce n'est pas le cas. Votre demande ne se justifie pas. Alors, que l'environnement vous convienne ou pas, il va falloir que vous vous y fassiez. Vous viendrez ici tous les jours, et vous travaillerez. »

Mais non, je me trompe encore. Ce n'est pas exactement cela. C'est extrêmement difficile de savoir précisément ce qui nous blesse.

La surface de ce bureau m'est pénible. Ce faux bois agace ma peau et altère mon imagination. Ni lisse ni rugueux. Je sens qu'ici toute chose s'oppose à ma tranquillité. Pourtant, je ne reçois plus de visites, plus de tête qui passe ma porte pour me demander comment ça va. Un mot d'ordre, peut-être, a été donné. Même Delphine semble hésiter à me parler d'Aurélien, elle qui le fait si bien d'habitude, qui dit de son fils autre chose que ses rhumes et ses bons mots. Comment parlerais-je de mon enfant, s'il existait ? Personne, donc, ne vient m'embêter dans mon bureau, que j'ai l'immense chance d'occuper seule, car il a été établi que mon travail exigeait de la concentration, ne serait-ce que pour procéder à la sélection des histoires et inventer des jeux. Il se trouve que ma pièce est toute petite et occupée en partie par les cartons. Les cartons luttent contre ce bureau neuf, cette poubelle rose, cet halogène design, cette étagère aérodynamique, cette moquette gris-bleu, ce siège épatant de confort, cette propreté inouïe qui intime le respect. Une propreté divine qui nous lave de nos mauvais penchants, celui par exemple — en ce qui me concerne — de cracher un petit peu par endroits, de couvrir parcimonieusement le sol de mon mépris.

Seuls mes cartons sont épargnés. Une mince pellicule de poussière recouvre déjà les deux du haut. Je tiens à cette poussière ; je n'ouvrirai pas mes cartons.

— Je peux entrer ?

— Entre, Delphine.

— Jean m'a chargée de proposer à chacun de vous la date du 18 pour fêter notre installation.

— Tu as réussi à t'installer, toi ?

— Est-ce que la date du 18 te convient ? C'est un jeudi.

— La date du 18 me convient parfaitement. Toutes les dates me conviennent.

— Très bien. Je vais demander aux autres.

— Et Aurélien, il va bien ?

— Excuse-moi, il faut que je me dépêche, j'ai des pages à revoir.

— On t'a demandé de ne pas répondre à mes questions ?

— Pauline, j'ai du boulot, c'est tout. Je repasserai te voir. Tu sais, tu devrais déballer tes cartons, ça fait un peu mauvais effet.

— Si tu dois venir me voir pour me parler des cartons, je préfère que tu ne reviennes pas.

— Mais enfin, qu'est-ce qui t'arrive ? Et puis, regarde ton bureau. Il n'y a rien dessus, même pas ta boîte de kleenex. C'était pratique, avant, quand on était en manque de mouchoirs, on savait qu'on pouvait venir te voir. Tu es tout le temps enrhumée, hou, hou, rappelle-toi !

— Moi, je suis tout le temps enrhumée ?

— C'est bien ce que je pensais. T'as vraiment un problème, Pauline.

— Tu trouves ?

— Tu sais, moi non plus, ça ne me plaisait pas trop de venir ici. Mais, tu vois, on s'adapte. Tu ferais mieux de t'adapter, toi aussi.

— Je sens dans ta voix comme une menace.

— Qui suis-je pour pouvoir te menacer ?

— Personne, c'est vrai, tu n'es personne.

— Je te laisse, je vais voir les autres.

Le lieu agit sur les tendresses. Il assainit les liens. Il sera désormais impossible d'entendre Delphine évoquer Aurélien. Aurélien appartient au monde des affections. Delphine a pourtant épinglé sa photo au-dessus de son ordinateur. Et cet enfant à qui je trouvais un si beau regard a, dans le bureau de sa mère, les yeux morts. Il n'est plus un être chéri dont l'image vous porte dans les moments de découragement mais un élément de décoration, là le découragement n'est plus possible.

Je suis amputée. Une partie de mon corps m'échappe. J'ignore laquelle, mais je ne me sens pas complète. Il faudrait que je convoque toutes mes fonctions pour voir si elles répondent présentes. Mais je me trompe de sensation. Ma crainte n'est pas qu'une partie de moi manque à l'appel. Non. Si je dois être précise — et ce cas exige une précision d'horlogerie — je me sens envahie. Une partie de mon corps, et je ne sais toujours pas laquelle, est occupée par quelqu'un d'autre. Nous sommes deux quelque part. Une présence ennemie a pris place en moi et veut être moi. Si je la laisse agir, elle gagnera du terrain, grignotera une à une toutes mes possibilités d'être moi, deviendra moi, et j'obéirai comme un petit soldat en oubliant qui je suis.

Le temps passe, les jeux n'avancent pas, la clim est un peu plus forte semble-t-il, certains peut-être se sont plaints de la chaleur, ou du froid, je ne sais pas.

*

Ne pas relâcher la pression. Personne n'a rebondi sur les pistes que je lançais pour le « Cahier parents ». *Comment débloquer une situation grâce au rire ?* Ce n'est pourtant pas bien compliqué. Mais j'ai affaire à une bande d'exécutants qui attendent que tout leur tombe tout cuit dans le bec. Je suis seul dans ce navire.

Ne pas se lamenter. Passer à l'action. Téléphoner aux services généraux.

Merde, pourquoi, au moment où je me décide

à les appeler, personne ne répond ? Je ne laisse pas de message. Cela m'obligerait à attendre au moins deux jours avant de rappeler, je ne veux pas passer pour un persécuteur.

Je n'ose pas aller m'enquérir des cartons. À supposer que Pauline n'ait encore rien fait, je serai dans l'obligation de prendre une décision. Et c'est trop pour moi. Je ne supporte pas le conflit. Je préfère que les gens fassent ce que je leur dis de faire sans avoir à élever la voix.

Apparemment, tout le monde peut être là le 18. Parfait. Je vais demander à Céline de faire venir de son patelin le cidre biologique de son frère. Il n'est pas terrible, mais il ne coûte pas cher, et le cidre, ça fait l'unanimité. Le problème, c'est qu'il faudra que je me fende d'un appel au frère pour le féliciter de sa cuvée, Céline me dit qu'il est très sensible aux compliments et que, venant de moi, il sera touché. Je ne peux pas expliquer à Céline que je n'ai pas que ça à faire. Ça la peinerait, mais là n'est pas la question. C'est surtout la seule sur qui je peux compter pour me tenir informé de ce qui se dit de moi. J'ai beau savoir que mon équipe est fidèle et me respecte, il peut toujours y avoir de légers malentendus qui dérapent en petites phrases perfides. Bien sûr, l'ennui avec Céline, c'est qu'elle n'est pas finaude et que beaucoup maintenant se méfient d'elle. Inutile par exemple d'aller lui demander quelles sont les intentions de Pauline, elle n'a pas accès aux confidences. Le problème Pauline, je vais devoir le résoudre seul.

Cesser d'employer le mot « seul » à tout bout de champ. Il finirait par me convaincre que je le suis, or je ne le suis pas. J'ai une équipe, des gens sur qui je peux compter, qui m'estiment et me respectent, qui comptent sur moi, et sur qui je… compte. Un, deux, trois, quatre, cinq (à dix, je sors de mon bureau et je vais voir où en est Pauline), six, sept, huit, neuf…

*

Il est onze heures et je n'ai pas terminé les jeux. Sam pourrait ranger sa chambre, compter ses billes, ordonner ses cubes du plus petit au plus grand, trouver quel est le bon chemin pour rejoindre ses parents. Mais Sam est épuisé. Son monstre l'a épargné pour cette fois, mais il a juré qu'il reviendrait. Sam tremble de peur. Lui, dont la maman disait qu'il était un petit garçon vaillant et courageux, est devenu un enfant peureux. Il retient ses larmes. Il a grandi et il voudrait ne pas aller plus loin, ne plus avancer, rester immobile en attendant que sa maman vienne le chercher. Il regarde sa chambre. Ses jouets n'ont pas bougé, ses peluches entourent son lit, mais ce n'est plus comme avant. Son bras le fait souffrir. Il découvre la trace d'une griffe, celle du monstre, évidemment. Le monstre est encore là, quelque part tapi dans un coin de la chambre. Ou pire : en lui. Et l'atroce sentiment qu'il ne reverra jamais sa maman lui serre la poitrine.

En observant bien le dessin, tu découvriras où se cache la maman de Sam.

Dans le tissu d'une peluche. Non.

Derrière la porte. Non.

Dans l'ombre projetée sur le mur par la lampe de chevet. Non.

Allez, cherche bien, où peut bien se cacher une maman ?

Sous le tapis. Non.

C'est désespérant. Les mamans ne se cachent pas. Elles sont toujours là quand on a besoin d'elles.

En observant bien le dessin, tu découvriras où se cache le monstre.

— Pauline ?

— Oui.

— Je vois que vous n'avez toujours pas déballé vos cartons.

— Non, en effet.

— Avez-vous terminé les jeux ?

— Je suis sur la fin.

— Je vous avais demandé de vous occuper des cartons en priorité.

— Je sais. Mais, autant que je vous le dise, je n'ai pas l'intention d'ouvrir ces cartons.

— C'est absurde, Pauline, vous en conviendrez.

— Je ne conviens de rien du tout. Sachez que si j'ouvre ces cartons, les choses pourraient très mal tourner.

— Mais, enfin, qu'est-ce que ça veut dire ? C'est du chantage, en quelque sorte.

— Le chantage n'est pas une pratique qui me ressemble. Je n'en fais donc pas. Je vous dis simplement que je souhaiterais ne pas ouvrir mes cartons, car ce sont bien les miens, et donc, ils m'appartiennent…

— Rien ne vous appartient ici. Pas même ce que vous écrivez pour les journaux.

— Je suis désolée de devoir vous dire ça, Jean, mais je préférerais que vous reculiez un peu. Dans votre élan, vous vous êtes trop approché de moi, et votre présence, si près de ma personne, nuit à la possibilité que j'aurais, si je le décidais, de me soumettre.

— Vous êtes malade, Pauline.

— Reculez, Jean.

— Je vais de ce pas voir M. Bourgoin et c'est devant lui que nous allons régler ce problème.

Le monstre se cache dans le dessin de la lampe de chevet. Le monstre est un traître et, là où l'enfant cherche à se rassurer, à la lumière d'une petite lampe, l'horreur le saisit.

Les jeux sont terminés.

*

Que peuvent bien contenir ces cartons pour qu'elle refuse de les ouvrir ? Peut-être a-t-elle emporté, dans le déménagement, des choses qui appartiennent à l'entreprise. Ça ne peut pas être un ordinateur, les cartons sont trop petits. Mais alors quoi ?

Établir la liste.

1 : une ramette de papier

2 : une agrafeuse

3 : un dictionnaire

4 : des réserves de papeterie

5 : des tapis ou des souris d'ordinateur

6 : de la documentation

Bourgoin, bien sûr, n'était pas dans son bureau. Il n'est jamais là quand on a besoin de lui.

Qu'arrive-t-il à Pauline ? A-t-elle des problèmes personnels, elle qui n'a pas de vie, pas d'homme, pas d'enfant, seulement un vieux père malade et un chat ? J'ai pensé longtemps que c'était un bon point pour elle. Et ça l'a été jusqu'aujourd'hui. Le travail comptait pour elle. Je l'ai formée, je lui ai appris les ficelles du métier et, surtout, je l'ai autorisée à se faire confiance. Il fallait la voir, au début, les pieds en dedans et les yeux en panique dès qu'elle me rendait trois lignes de résumé.

Ne pas penser au passé. Ne pas se laisser émouvoir par soi-même. Car la personne émouvante, dans l'histoire, c'est moi. Un pauvre con qui s'est laissé berner. Maintenant, il faut agir. Jamais quelqu'un n'a osé me demander de reculer. J'ai ce mot en horreur. Pauline ne veut pas que je m'approche trop près, comme si elle espérait m'échapper. Pauline m'échappe. J'ai besoin d'elle, et elle m'échappe.

Je me souviens du jour où je suis tombé par hasard sur un article signé de sa main dans *Côté Sud*. ARTISTE OU DESIGNER, LA FRONTIÈRE EST TÉNUE. J'avais dû relire trois fois le nom pour m'assurer que je n'avais pas rêvé, que Pauline Massard était bien *ma* Pauline Massard. Elle avait fait le portrait d'un créateur et se lançait dans des considérations sur l'art. Je m'étais demandé quel obscur cheminement Pauline avait dû emprunter pour obtenir le droit de s'exprimer dans un domaine où elle ne connaissait rien. Et puis, surtout, je ne comprenais pas pourquoi Pauline ne m'en avait rien dit, elle qui quêtait toujours ma reconnaissance pour un oui ou pour un non.

Ne pas revenir sur le passé. Attaquer le présent. Considérer que seul le présent compte.

Ce n'était pas inutile que je parle à Delphine. Je lui ai bien fait comprendre que l'attitude de Pauline était répréhensible et que, si elle s'y associait, je ne pourrais pas la défendre quand elle demanderait le poste de première maquettiste, poste qui exige une implication plus importante au sein de l'équipe. L'équipe doit fonctionner avec cohérence et ne peut pas tolérer d'électrons libres. Si Pauline en est un, il faut l'isoler. La contagion est la pire des choses qui puisse advenir.

Qu'est-ce qui m'arrive ? Ils ont pourtant augmenté la climatisation. On crevait de chaud. Mais là, non, ce n'est pas la chaleur. Pourquoi est-ce que je transpire ? Je ne me sens pas très bien. Je respire mal et, évidemment, avec cette foutue climatisation, on ne peut pas ouvrir les fenêtres.

Ne pas transpirer. Sur cette chemise hideuse que je dois porter parce que c'est un cadeau de Marie-France, les auréoles se voient. Une fois que Pauline aura ouvert ses cartons, tout redeviendra comme avant.

*

Jean a peur. Il sait parfaitement que Bourgoin est incapable de régler quoi que ce soit. J'ai été surprise, tout à l'heure. Les mots sortaient de ma bouche et m'étaient comme soufflés par quelqu'un d'autre, quelqu'un qui me défendait, me protégeait, s'opposait à ce que toutes les parties de mon corps soient envahies par la présence ennemie.

Et Jean a reculé, impressionné sans doute par ce qu'il y avait de forces en moi.

J'ai froid, maintenant. Ils ont poussé la clim un peu trop fort. Je sais que dans l'un de ces cartons il y a un gilet en laine polaire. Et cela me fait rire de penser que ce vêtement est devenu inutile, que je pourrais claquer des dents, rien ne m'obligera à faire un geste pour le récupérer. Si j'ouvre un seul de ces cartons, je suis foutue.

Dans quelques minutes, sans doute, Sandrine viendra me demander si j'ai fini les jeux afin qu'elle puisse les faire valider par Jean avant de les remettre à l'illustrateur. Je l'attends, incapable de me concentrer sur une autre tâche.

Je suis entièrement absorbée par la possibilité d'un remède au dégoût que la surface du bureau me fait ressentir. D'une possibilité, cela devient une recherche, puis une urgence.

J'avise le rouleau de scotch. Me réjouis qu'il se soit trouvé dans le seul carton que j'aie décidé d'ouvrir. Le rouleau est épais, presque neuf, transparent, comme je l'aime, et non opaque invisible, il est brillant. Ça va briller ! et je souris, mon premier sourire depuis le début de l'installation. Un sourire pour me féliciter de prendre d'heureuses initiatives, enfin, des initiatives tout court, l'issue vers le bonheur restant encore à prouver.

J'empoigne l'objet et déroule le scotch. Au début, je me trompe. Les bouts sont trop courts, ou trop longs, ou se recroquevillent sur eux dans un refus de coopérer. Je me donne la peine de prendre les mesures. Je me concentre pour éviter que le scotch ne se replie sur lui-même. Je lui parle, et aussi je lui demande de m'aider, j'ai besoin d'aide, bordel, c'est maintenant ou jamais ! Les cartons derrière moi, car je leur tourne le dos, acquiescent. J'entends leur silence résistant et cela m'encourage. Si scotch et cartons s'allient, j'ai une chance. Ne pas mourir tient parfois à peu de chose. On pense amitié, amour, famille, et c'est tout simplement les objets qui vous sauvent.

Je réussis enfin à maîtriser longueur et cadence. Je commence par un côté et, déjà, l'idée de ce que deviendra ce bureau apaise quelque chose en moi. Il renverra la lumière, m'illuminera, en quelque sorte. Ce travail va me demander des heures. Ces heures en perspective me paraissent douces, d'une réconfortante inutilité.

Je me réchauffe un peu. La mécanique des gestes que j'effectue pour mener mon entreprise à bien distille une douce chaleur dans mes os. J'aurais presque envie d'oublier qu'une partie de mon corps est atteinte par l'adversaire. Mais la présence ennemie se rappelle à moi dès lors que je relâche la cadence. Il faut que j'en sache plus sur moi-même.

*

Ces jeux sont ineptes et incompréhensibles. Sandrine me les a apportés et en a profité pour me glisser qu'elle trouvait le comportement de Pauline étrange. Elle m'a conseillé d'aller voir ce qui se passait, sans m'en dire plus. Insister en pareille circonstance lui aurait donné à penser que j'étais inquiet. Or je ne suis pas inquiet. Je suis même assez satisfait de la réaction de Bourgoin, qui, pour une fois, a pris ma demande au sérieux. Il m'a promis de convoquer Pauline et d'user de son pouvoir pour la sommer d'ouvrir ses cartons, et de la menacer, si elle ne s'exécutait pas, de le faire faire par quelqu'un d'autre. Je suis sûr que l'on découvrira alors des choses pas très nettes.

Cette pauvre fille court à sa perte. Qu'elle ne compte pas sur moi pour la repêcher quand elle prendra conscience qu'elle est allée trop loin. Je ne suis pas travailleur social. Je pêche la sardine une seule fois. Je lui donne la chance de se ranger avec les autres dans la boîte et d'y trouver sa place. Mais qu'elle sorte du rang, qu'elle relève la tête, et je la rejette à la mer. Généralement, ça n'arrive pas. Les gens sont très heureux avec moi. Une exception toutefois : Clémentine. C'était il y a deux ans. Elle m'a annoncé un jour qu'elle avait, pour des raisons financières, accepté d'écrire une « page animaux » pour un journal concurrent. Pour des raisons financières ? Je n'y ai pas cru une seconde. Cette petite personne voulait juste avoir son nom au bas d'une page. Les gens qui se piquent d'écrire quand ils ne sont pas faits pour ça ont le don de me faire sortir de mes gonds. La sardine a pris goût à la trahison et n'a pas fait long feu chez nous.

Ne pas se remettre en question. Ne pas oublier que, si je suis à ce poste, c'est parce que j'ai fait le choix de ne pas écrire.

Mais était-ce un choix ? À quoi ai-je renoncé ? Et pour occuper quelle place ? Bourgoin est au-dessus de moi, c'est dire !

Il fait une chaleur épouvantable.

Téléphoner aux services généraux. Retrouver la feuille « Le problème Pauline ». Cesser de transpirer. Commencer à accumuler les preuves de l'inadaptation de Pauline à son poste. Garder précieusement les jeux qu'elle vient de me rendre, l'œuvre d'une déséquilibrée, cela va de soi.

Virer Pauline.

*

J'arrive à la fin du rouleau, mais ça prend forme. La surface du bureau est presque entièrement recouverte. Je caresse la nouvelle matière et trouve un plaisir surprenant au contact du scotch. J'ai très bien travaillé. Les bandes sont jointes proprement et ne se chevauchent pour ainsi dire pas. J'ai emballé toutes les affaires qui se trouvaient sur le bureau. Les stylos et les manuscrits cohabitent gentiment sous la fine pellicule, protégés eux aussi de la propreté que requiert le lieu. Le Petit Robert est intéressant, vu sous cet aspect-là. À ce stade, je découvre l'envie d'entourer aussi les pieds. Mais je vais manquer de scotch. Il faudrait que je me glisse discrètement jusqu'à l'armoire des fournitures que l'on a installée dans le renfoncement du couloir. Je dois prendre le risque de devoir rendre des comptes. Lorsqu'on s'approvisionne dans l'armoire des fournitures, on est censé en avertir Adeline qui est chargée de vérifier l'écoulement du matériel pour prévoir les commandes. Or je veux que cette opération soit secrète. Je vais me cacher dans les toilettes et, par l'entrebâillement de la porte, guetter les allées et venues dans le couloir. Puis tenter ma chance.

Non, je n'ai pas besoin de me donner cette peine. Tout le monde verra bien que mon bureau est recouvert de papier collant. Je vais tranquillement aller chercher le scotch, d'un pas décidé et sûr. Dès que j'ai peur, ou que je me sens coupable, la chose en moi gagne du terrain. Je vais sortir de mon bureau et ne guetter rien ni personne. Je vais atteindre l'armoire des fournitures et me servir. Ils me doivent bien un rouleau de scotch, je leur ai donné ma vie pendant plus de dix ans. « Ils », c'est Jean. Un être multiple qui s'épanouit à la soumission des uns et des autres. L'entreprise lui sert d'aquarium. Nous sommes des petits poissons nourris parcimonieusement, juste assez pour que l'on ne meure pas.

*

— Jean, je peux vous parler ?

— Je suis un peu occupé, mais que se passe-t-il, Delphine ?

— Je reviens de la cantine et, en passant devant le bureau de Pauline, j'ai cru comprendre qu'elle n'allait vraiment pas bien.

— Et qu'est-ce que j'y peux ? Je ne suis quand même pas responsable de son incapacité à s'adapter aux lieux.

— Je crois qu'il n'y a pas que ça.

— Bon, écoutez, Delphine, je sais que vous êtes proche d'elle, donc, si Pauline a des ennuis, c'est à vous qu'elle se confiera. Demandez-lui donc des nouvelles de son chat, c'est peut-être de là que viennent ses soucis.

— Vous pensez que c'est parce que son chat est malade qu'elle refuse d'ouvrir ses cartons ?

— Son chat, son père… qu'est-ce que vous voulez que ça me fasse ? Ce n'est pas mon problème. Ma priorité, c'est que le travail soit fait, et bien fait.

— Je n'ai pas fini. Pauline a recouvert son bureau de scotch. Entièrement, je veux dire. Elle est en train de faire la même chose avec sa chaise, et… avec son avant-bras.

— Écoutez, Delphine, je vous ai dit que j'étais occupé. Et puis, de toute façon, Pauline va être convoquée dans l'après-midi par M. Bourgoin. Ça me soulage, parce que toutes ces histoires, c'est trop pour moi.

— Je suis désolée d'insister, Jean, mais au nom des années que vous avez passées à apprécier son travail et sa personne, il me semble que vous devriez…

— Je n'ai pas besoin de vos conseils.

— Mais vous m'aviez confié l'année dernière qu'elle pourrait bien devenir un jour votre bras droit !

— Sortez de mon bureau immédiatement !

Ne pas se laisser déborder par l'émotion.

Qu'est-ce que c'est que cette histoire de bureau scotché ? Et surtout, de quoi Delphine se mêle-t-elle ? Il m'avait semblé pourtant avoir été clair avec elle. Il faut que j'aille voir. Je ne peux pas laisser s'installer un tel désordre. C'est ma faute. Je n'ai pas fait preuve d'assez d'autorité.

Ne pas avoir de comportement impulsif. Rester ici et ne pas bouger. Si j'ai décidé que c'est Bourgoin qui doit s'en occuper, il ne faut pas que j'intervienne.

Je n'ai strictement rien à me reprocher.

*

Que c'est étrange, et que je me sens bien. J'ai encore beaucoup de travail, mais j'ai bien avancé les choses. Les surfaces miroitent, les meubles sont protégés des produits de nettoyage, la chaise était un peu plus difficile à avoir, mais voilà, c'est fait. Je n'ai pas eu envie, lorsque j'ai emballé le petit meuble, de me pencher pour récupérer la feuille. Je n'ai pas eu à lutter pour ne pas lire les notes de Jean. Peut-être me concernent-elles. Je n'ai plus aucune curiosité.

Il reste les murs. Ces cloisons grises et granuleuses finiront, si je ne les recouvre pas, par m'engloutir dans leur morosité.

Je me sens si légère. Peut-être est-ce la faim. Je ne suis pas descendue à la cantine. La faim avive les sens. J'ai fini par repérer le membre envahi. C'est mon avant-bras, le droit. Une douleur remontait le long de mes veines et irradiait dans le cœur, le faisant battre déraisonnablement, dès que je sentais la présence de Jean non loin de moi. Enveloppé dans le scotch, mon membre se tient tranquille. J'ai tenté de l'isoler pour qu'il ne contamine pas l'équipe que je forme avec les autres parties de mon corps. Jean parle en moi ; je ne suis pas complètement guérie.

J'ignore encore si je m'attaquerai aux fenêtres. Le soleil, alors, passerait autrement.

Je regarde mes cartons. Ce qu'ils contiennent ne m'intéresse pas le moins du monde. Armancourt, c'est le nom qu'ils portent. C'est un beau nom, vraiment. Ce pourrait être celui du souvenir, d'un projet fou blessé par la jalousie d'un chef. Je préfère y entendre un chant de résistance. Armancourt, en quelque sorte, m'a donné la force d'accomplir ma grande entreprise. Oui, depuis ce matin, j'entreprends. Je ne vais plus jamais cesser de m'y mettre.

Ma jambe est atteinte. Une douleur diffuse qui se propage jusqu'à la hanche. Laissez-moi en paix, Jean, s'il vous plaît. Supplier est inutile, il faut agir. Scotch.

Ce travail d'embaumement m'attiédit, me maintient à une bonne température.

Bourgoin m'a téléphoné. Il m'a demandé, d'une voix plutôt douce, de celle que l'on prend pour s'adresser aux malades, si je pouvais venir le voir dans son bureau à cinq heures. Je lui ai répondu que j'essaierais de venir le voir dans son bureau à cinq heures. Sa voix s'est durcie, et il m'a déconseillé d'avoir un empêchement.

Je suis un empêchement.

*

— Vous êtes allés voir, dans le bureau de Pauline ?

— Je n'ai pas osé frapper.

— Moi, j'ai entrouvert sa porte et j'ai vu.

— Alors ?

— Alors, c'est terrible. Je crois qu'elle est en train de craquer.

— Oui. Moi, j'ai voulu entrer, mais elle m'a demandé de sortir d'un ton qui m'a fait froid dans le dos.

— Et Jean, il est au courant ?

— Bien sûr, on l'a prévenu.

— Et alors ?

— Alors, il considère que ce n'est pas son problème.

— Je crois qu'il n'a pas supporté que Pauline écrive pour *Côté Sud*.

— C'est pas possible. Ça ne peut pas être ça.

— Ce n'est pas que ça.

— C'est quoi, alors ?

— Une entreprise de destruction.

— Je n'y comprends rien.

— Ce n'est pas à nous d'y comprendre quelque chose.

— Attention, voilà Jean.

— Vous me cherchiez ?

— Non, on s'inquiétait pour Pauline.

— Votre collègue est en train de faire du chantage, je vous invite donc à ne pas entrer dans son jeu. Inquiétez-vous plutôt du résultat des ventes que l'on vient de me communiquer : elles sont en baisse ce mois-ci.

— Mais on ne peut laisser quelqu'un dans cet état-là !

— Delphine, pour la dernière fois, mêlez-vous de ce qui vous regarde.

Le ver est dans le fruit. Le fruit va pourrir, l'équipe va se désintégrer.

Ne pas se désintégrer. Sauver les meubles. Commander des étagères. Ne pas transpirer. Garder son calme. Ordonner que l'on ouvre ces cartons, qui sont la cause de tout ce qui arrive. Étouffer cette affaire. Prendre rendez-vous d'urgence avec le DRH. Considérer que les relations humaines, ce n'est pas de mon ressort. Retrouver la feuille « Le problème Pauline ». Ne pas paniquer. Ne pas transpirer. Les auréoles se voient sur cette chemise. Marie-France ne doit plus choisir mes chemises pour moi. Téléphoner aux services généraux.

Et ne pas oublier que, quoi qu'il arrive, je n'y suis strictement pour rien.

*

Il ne me reste plus de scotch. Je ne pourrai pas « faire » les fenêtres. J'arrive à peine à respirer, mais ma tête est à l'abri. Personne plus jamais ne viendra s'y installer. J'ai oublié la lampe halogène. Mais la poubelle ne recevra plus de papiers d'aucune sorte. Ma vue est troublée par le scotch, car, si clair et lumineux soit-il, il n'a pas la transparence de l'air. Il est bientôt cinq heures. C'est une heure que je n'ai jamais aimée.

Je vais aller sur la terrasse. Peut-être y rencontrerai-je des fumeurs. Peut-être aurais-je dû essayer de fumer, moi aussi.

Non, il n'y a personne.

« Vous voulez travailler chez vous ? Vous êtes mal dans ces murs ? » Me reviennent des bribes de notre échange. J'ai cru un instant qu'il allait comprendre, qu'il allait vers moi faire un geste, une main sur l'épaule, un toussotement manifestant, sinon sa compassion, du moins son embarras à me voir souffrir. Mais non, il a prononcé cette phrase — enfin, je la tiens, elle vient se cogner contre ma carapace d'adhésif, je l'entends de loin, étouffée, et elle ne me fait plus souffrir : « Voyons, Pauline, pourquoi éprouvez-vous le besoin de vous marginaliser ? »

Ce muret est affreux. Demain, j'attaquerai la terrasse.

TA MÈRE

Un soir de grand énervement, je suis allée me réfugier aux toilettes du premier étage et j'ai hurlé, comme on hurle pour soi, avec ce bruit rauque qui vous arrache la gorge : « Va te faire enculer par ta mère, tiens ! » J'y avais mis le geste et tout. Puis je suis partie d'un grand éclat de rire, silencieux lui aussi ; nous étions chez des gens qui nous accueillaient pour le week-end. Mais le rire est venu de ce que Paul et Claudia auraient pu entendre ce que je disais, non de l'absurdité des paroles que je venais de prononcer. L'idée que mon mari pût se faire enculer par sa mère m'était familière. Dans la rage, la scène me venait tout naturellement et ne me faisait pas rire le moins du monde.

Je suis sortie des toilettes, calmée, presque sereine. J'ai croisé Claudia dans l'escalier qui m'a dit qu'on me cherchait depuis dix minutes parce qu'on allait ouvrir le champagne.

Dans la cour, il faisait encore bon, on était en mai, mais l'air était un peu frais tout de même.

— Je vais chercher un pull, ai-je annoncé.

— Il ne fait pas froid, a dit mon mari.

Depuis quand tu sais pour moi s'il fait froid ou pas. Va te faire enculer par ta mère, tiens !

— Sans doute, mais j'ai froid.

— Bon, on va l'ouvrir quand, cette bouteille de champ ?

— Plus on attend, meilleur c'est ! (Ça, c'est Claudia, toujours très conciliante.)

— Oui mais quand même, bougonne mon mari.

Je fouille dans la valise à la recherche d'un pull, que je ne trouve pas, il est possible que j'aie oublié de l'y mettre, on a fait les valises tellement vite. Claudia, Paul et Marc m'attendent pour ouvrir le champagne, et merde !

Je prends le pantalon de jogging de mon mari que je jette sur mes épaules en guise de châle.

Je ne me sens pas ridicule en les rejoignant, je me trouve drôle, inventive, j'ai une espèce de tendresse pour moi-même et j'imagine que ce jogging me donne une allure, enfin, quelque chose.

Mais lorsque je pénétrai dans la cour, le champagne était ouvert et les coupes remplies. Je n'avais pas assisté au « sauter » de bouchon — et Marc savait à quel point j'aimais voir le bouchon sauter entre les jours de mes doigts, parce que je protégeais mes yeux, pour ne pas devenir borgne, et toujours je demandais à l'assistance : Savez-vous quelle est la plus grande cause de « borgnerie » en France ? Les bouchons de champagne ! et toujours Marc me reprenait : « borgnerie », ça n'existe pas, c'était devenu un jeu entre nous, une de nos rares connivences — on ne m'avait pas attendue, donc, et pire, il n'y eut aucune remarque sur mon jogging.

On parlait de l'époque où, pour quelques sous, on pouvait acquérir une maison de campagne et la retaper. Du plaisir à embellir un endroit, même s'il faut y mettre toute sa force et toute son âme pendant de longs mois, de longues années, corrige Claudia en regardant Paul avec affection. Le temps passe autrement, on l'entend, on le touche, on est content de lui.

Mais l'on m'attendait toujours pour boire. J'ai eu besoin de dire « Je suis là, on peut commencer », pour que Paul lève sa coupe.

— À quoi trinque-t-on ? a-t-il demandé.

Marc m'a regardé. J'attendais qu'il sourît.

— Qu'est-ce que tu fous avec ce truc autour du cou ? m'a-t-il dit.

— Allez, on trinque ! se sont impatientés Paul et Claudia.

— Au printemps qui vient enfin !

— À la promotion de Marc !

— Mais non, mais non, a marmonné Marc. Trinquons plutôt à votre Alice, c'est formidable qu'elle ait obtenu le premier prix de danse !

— C'est gentil, dit Paul, c'est vrai qu'elle l'a bien mérité.

— Et toi, Lydie, à quoi as-tu envie de trinquer ?

C'est Claudia qui me posait la question. Claudia voulait toujours que les choses soient joyeuses, et moi, je n'étais pas ce qu'il y avait de plus joyeux au milieu de ce petit bonheur simple de cette fin d'après-midi, dans cette courette mignonne comme tout, décorée par quelques-uns de leurs amis artistes. Je n'avais pas porté de toast… je devais trouver quelque chose, et vite.

— À ta mère, ai-je dit en regardant mon mari droit dans les yeux.

Paul et Claudia ont éclaté de rire, instinctivement, sans doute. Cela devait leur sembler drôle que l'on trinquât à une mère, quelle que soit cette mère. J'ai éclaté de rire avec eux, parce que je trouvais amusant que mon idée les fasse rire. Marc a fini par rire, lui aussi.

— Et qu'est-ce que ma mère vient faire là ? m'a-t-il gentiment demandé, un peu comme l'on s'adresse à une simple d'esprit.

— Ta mère, répondis-je, est toujours là, près de toi, prête à te défendre pour un oui ou pour un non, non ?

Marc a paru gêné ; il voulait bien être au centre des conversations pour la promotion qu'il venait d'obtenir à son travail, mais que l'on évoquât sa mère, précisément à cet instant, ne l'enchantait pas particulièrement. Il voulait qu'on en finisse, et tout le monde, d'ailleurs, voulait en finir avec la mère de Marc ; elle n'avait rien à faire ici, décidément, et la place qu'elle occupait soudain au milieu de cette courette qui n'était pas destinée à accueillir les mères embêtait tout le monde.

— Alors comme ça, enchaîna Paul, ils t'ont nommé directeur commercial ?

— Oui, oui, ça faisait un bout de temps que le projet était dans l'air. Mais pour ça, il fallait attendre que Malaviel parte à la retraite. Je n'ai pas beaucoup de mérite. Et puis, directeur commercial, c'est des responsabilités.

Va te faire enculer par ta mère, tiens ! pensais-je, tandis que mon mari énumérait les responsabilités en question. Du coup, je le regardais avec calme, je l'écoutais même, je m'intéressais à sa vie professionnelle, me surprenais à y trouver du sens.

J'ai aidé Claudia à éplucher les pommes de terre et je me sentais légère, presque joyeuse, je trouvais que mon épluche-légumes était exceptionnellement affûté, je l'avais bien en main et c'était un plaisir, vraiment, de ne laisser aucune scorie, de faire de ma pomme de terre un objet oblong et régulier. J'entendais les voix des hommes dans la courette et je me disais c'est beau l'amitié masculine, ça ne ressemble pas à l'amitié féminine, et puis j'en ai eu soudain assez d'éplucher les pommes de terre et de penser à l'amitié.

J'ai reposé l'épluche-légumes et j'ai prétexté une pénurie de cigarettes pour sortir faire un tour.

J'avais oublié que j'étais affublée d'un jogging en guise d'écharpe. Quand je me suis retrouvée dans les rues, il était trop tard. Et puis tant pis, mais tout de même, pourquoi tiens-tu à te ridiculiser ainsi ? me suis-je dit.

J'ai marché sur la plage de galets de Fécamp en regardant la mer qui me laissait indifférente tant mes pensées étaient occupées par ma vie que je trouvais un peu moche ces temps-ci. Avec Marc, ça n'allait pas fort. Il avait eu le toupet de me dire que mes peintures sur soie me reléguaient au rang de dame patronnesse, qu'il attendait autre chose de sa femme, un enfant par exemple. « Va te faire enculer par ta mère, tiens ! » ai-je hurlé à haute voix en saisissant un galet que j'ai jeté le plus loin possible. J'étais sur la plage, personne ne pouvait m'entendre, oui, j'aime faire de la peinture sur soie, et des mots croisés, et des sudoku, et je t'emmerde, connard, même si, bien sûr, la peinture sur soie et les mots croisés, ce n'est pas la même chose, la peinture sur soie, je la dépose dans des boutiques, et il m'arrive de vendre quelques pièces, parce que j'ai du talent, espèce d'enfoiré. Non, je ne veux pas d'enfant, et je ne pourrai jamais expliquer pourquoi. L'envie, je l'ai attendue, j'étais sûre qu'elle viendrait, et puis, elle n'est pas venue. Je suis, peut-être, un monstre. « Mais Marc, criais-je comme si je m'adressais à dix Marc à la fois — et les plages le soir semblent être là pour ça —, je t'avais prévenu que de moi rien ne viendrait qu'un jour tu pourrais bercer dans tes bras. Je te bercerai toi, tu disais ! », oh, et puis merde.

Le jogging ne me suffisait plus. Je caillais à mort. J'allais rentrer.

J'ai écourté ma fugue que je trouvais profondément ennuyeuse. Retrouver Paul, Claudia et mon mari devenait un projet, une échappée, le seul recours possible. Je suis rentrée au pas de course et suis arrivée essoufflée devant la porte de la maison. J'ai sonné (je n'avais pas pris les clés), et l'attente pour que l'on vienne m'ouvrir était bonne. Je leur avais manqué, forcément, sans qu'ils s'en aperçoivent.

C'est Marc qui m'a ouvert.

— Toi et tes clopes ! T'en as pas trouvé ?

Va te faire enculer par ta mère, tiens !

— Le tabac était fermé, mais je viens de me souvenir que j'ai un paquet dans la valise !

— Le repas est prêt. Tu n'as plus qu'à te mettre les pieds sous la table.

— C'est un reproche ?

— Non. Qui reprocherait quoi que ce soit à une femme qui s'affiche avec un jogging autour du cou dans tout Fécamp ?

— Pourquoi es-tu si dur avec moi ?

Et je lui demandais cela vraiment gentiment, parce que tout à un coup je me suis souvenue que les hommes et les femmes se trompent quelquefois quand ils se parlent mal, ils sont ailleurs, ils ont oublié que leur amour est devant eux et ils le piétinent sans s'en rendre compte, et puis après, ils sont tristes, mais ça ne change rien, ils sont perdus, et tout seuls, et parfois pour toujours quand ils sont trop vieux pour rencontrer d'autres hommes ou d'autres femmes.

— Paul et Claudia nous attendent.

Va te faire enculer par ta mère, tiens !

Et les mots ne suffisaient plus : dans le couloir qui conduit à la courette où quelqu'un a dressé la table, mais ça, je le découvrirai plus tard, dans le couloir, donc, je suis mon mari, je suis derrière lui, et le couloir est assez long pour une maison qui n'est pas si grande, mais je ne suis pas encore arrivée au bout du couloir, dans le dos de Marc, donc, je tends le majeur droit en direction de son cul.

Et puis on mange. Et puis on va se coucher dans la chambre bleue. Et puis Marc s'endort. Et puis il ronfle *Va te faire enculer par ta mère, tiens.* Et le matin, au petit déjeuner, il y a des toasts tout chauds *Va te faire enculer par ta mère, tiens,* avec de la bonne confiture de myrtilles. Et le long de la plage, un peu plus tard, en regardant la mer, belle le matin *Va te faire enculer par ta mère, tiens,* et en faisant la queue chez le boucher pour acheter des merguez pour le barbecue de midi *Va te faire enculer par ta mère, tiens*, et puis chez Yvon, le voisin de Paul et Claudia qui peint des aquarelles de ports de pêche *Va te faire enculer par ta mère, tiens*, puis on ne fait rien c'est agréable on prend son temps *Va te faire enculer par ta mère, tiens*, le week-end va finir et l'on remercie ça fait tellement de bien de couper avec Paris va te faire enculer par ta mère tiens, va te faire enculer par ta mère tiens va te faire enculer par ta mère tiens va te faire enculer par ta mère tiens. « Tu avais l'air un peu tendue hier, en arrivant, tu vois, *va te faire enculer par ta mère, tiens*, l'air de Fécamp fait des miracles. » C'est Claudia qui a parlé, enfin, je crois. Ou peut-être est-ce Paul. Ou mon mari, peut-être. Ou le voisin. Je ne sais plus, mais je me sens bien, oui, très bien même, calme, j'ai des petites rivières devant les yeux, et je suis sûre que les poissons s'y cachent avec bonheur.

DÉCOUVREZ LES FOLIO 2 €

Parutions de septembre 2008

Patrick AMINE *Petit éloge de la colère*

De la colère de Dieu à la colère d'Achille, de la chaussure de Khrouchtchev à l'O.N.U au « coup de boule » de Zidane, Patrick Amine, au gré de ses lectures et de ses rencontres, nous entraîne dans une explosion de fureur.

Élisabeth BARILLÉ *Petit éloge du sensible*

Avec Élisabeth Barillé, découvrez qu'en se détachant des choses on se rend plus sensible aux plaisirs qu'elles procurent, apprenez que la liberté, c'est de savoir reconnaître et goûter l'essentiel…

COLLECTIF *Sur le zinc*

De Rimbaud à Queneau, en passant par Zola et Blondin, accoudez-vous au comptoir avec les plus grands écrivains.

Didier DAENINCKX *Petit éloge des faits divers*

Récits d'événements considérés comme peu importants, les faits divers occupent pourtant une large place dans nos journaux et notre vie. Dans ces petites histoires de tous les jours, Didier Daeninckx puise l'inspiration pour des nouvelles percutantes et très révélatrices de notre société.

Francis Scott FITZGERALD *L'étrange histoire de Benjamin Button* suivi de *La lie du bonheur*

Sous la fantaisie et la légèreté perce une ironie désenchantée qui place Fitzgerald au rang des plus grands écrivains américains.

Nathalie KUPERMAN *Petit éloge de la haine*

À faire froid dans le dos, les nouvelles de Nathalie Kuperman ont toutes le même thème : la haine. Haine de soi comme haine des autres, la haine ordinaire, banale et quotidienne qui peut faire basculer une vie.

LAO SHE *Le nouvel inspecteur* suivi de *Le croissant de lune*

Avec un humour et une tendresse non dépourvus de cruauté, Lao She fait revivre une Chine aujourd'hui disparue.

Guy de MAUPASSANT *Apparition et autres contes de l'étrange*

Des cimetières aux châteaux hantés, Maupassant nous attire aux confins de la folie et de la peur.

Marcel PROUST *La fin de la jalousie* et autres nouvelles

Mondains, voluptueux et cruels, les personnages de ces nouvelles de Proust virevoltent avec un raffinement qui annonce les héros d'*À la recherche du temps perdu.*

D.A.F. de SADE *Eugénie de Franval*

Avec *Eugénie de Franval*, le « divin marquis » nous offre l'histoire tragique d'un amour scandaleux.

Composition Nord Compo
Impression Novoprint
à Barcelone, le 17 août 2008
Dépôt légal : août 2008

ISBN 978-2-07-034837-4./Imprimé en Espagne.

153639